COLLECTION FOLIO

Albert Camus

Jonas

ou l'artiste au travail

suivi de

La pierre qui pousse

Gallimard

Ces nouvelles sont extraites du recueil *L'exil et le royaume* (Folio n° 78).

Né à Mondovi en Algérie en 1913, Albert Camus est d'origine alsacienne et espagnole. Son père, ouvrier agricole, est tué au front durant la Première Guerre mondiale et le jeune garçon vit à Alger avec sa mère qui fait des ménages. Élève brillant, il obtient une bourse, passe une licence de philosophie et présente son diplôme d'études supérieures sur les rapports entre l'hellénisme et le christianisme à travers Plotin et saint Augustin. Mais de santé fragile et craignant la routine, il renonce à enseigner. Il s'oriente vers le journalisme. En 1934, il adhère au Parti communiste. Son premier essai *L'envers et l'endroit* livre l'expérience, déjà riche, d'un garçon de vingt-quatre ans : le quartier algérois de Belcourt, le misérable foyer familial et surtout « l'admirable silence d'une mère et l'effort d'un homme pour retrouver une justice ou un amour qui équilibre ce silence ». L'année suivante, en 1938, il publie *Noces* qui confirme ses dons d'écrivain. La guerre bouleverse sa vie : la censure interdit *Alger républicain*, le journal où il travaillait, et le jeune homme débarque à Paris où il rejoint la Résistance dans le réseau « Combat » pour des missions de renseignements et de journalisme clandestin. En 1942, paraît *L'étranger*, roman placé sous le sceau de l'absurde et dont il dégage la signification dans un essai, *Le mythe de Sisyphe*. Premiers succès, mais aussi premières critiques et premiers malentendus. Il entre au comité de lecture des Éditions Gallimard et à la Libération devient rédacteur en chef de *Combat*. Il prend désormais position sur les grands sujets du moment comme le colonialisme ou la bombe atomique. En 1947, *La peste*, étonnante chronique de la lutte d'une ville contre une épidémie, remporte un immense succès et le pousse à abandonner complètement le journalisme pour la littérature. Il écrit des romans, mais aussi des nouvelles remplies de doutes, comme *L'exil et le royaume*, du théâtre et des essais. Son essai *L'homme révolté* provoque une controverse avec des écrivains comme Sartre ou Breton. Il adapte les œuvres d'écrivains étrangers comme Faulkner, Buzzati, Calderón ou Dostoïevski avant de publier *La chute*, la confession d'un avocat, en 1956. Il reçoit le prix Nobel de littérature en 1957 et commence un nouveau roman, *Le premier homme*. Un accident de voiture le 4 janvier 1960 laissera ce roman inachevé.

Écrivain majeur du XXᵉ siècle, Albert Camus est l'auteur d'une œuvre tout entière tournée vers la condition de l'homme et qui, partant de l'absurde, trouve une issue dans la révolte. Aux passions méditerranéennes a succédé un humanisme inquiet et au lyrisme des premiers textes un style rigoureux et lumineux.

Découvrez, lisez ou relisez les livres d'Albert Camus :

ACTUELLES. Écrits politiques (Folio Essais n° 305)

ACTUELLES. Chroniques algériennes (Folio Essais n° 400)

CALIGULA *suivi de* LE MALENTENDU (Folio n° 64)

CALIGULA (Folio Théâtre n° 6)

LA CHUTE (Folio n° 10 et Folio Plus n° 36)

DISCOURS DE SUÈDE (Folio n° 2919)

L'ENVERS ET L'ENDROIT (Folio Essais n° 41)

L'ÉTRANGER (Folio n° 2 et Folio Plus n° 10)

L'ÉTAT DE SIÈGE (Folio Théâtre n° 52)

L'EXIL ET LE ROYAUME (Folio n° 78)

LES JUSTES (Folio n° 477, Folioplus classiques n° 185)

LETTRES À UN AMI ALLEMAND (Folio n° 2226)

L'HOMME RÉVOLTÉ (Folio Essais n° 15)

LE MALENTENDU (Folio Théâtre n° 18)

LE MYTHE DE SISYPHE (Folio Essais n° 11)

NOCES *suivi de* L'ÉTÉ (Folio n° 16)

LA PESTE (Folio n° 42 et Folio Plus n° 21)

LE PREMIER HOMME (Folio n° 3320)

JONAS OU L'ARTISTE AU TRAVAIL *suivi de* LA PIERRE QUI POUSSA, *extraits de* L'EXIL ET LE ROYAUME (Folio 2 € n° 3788)

LA MORT HEUREUSE (Folio n° 4998)

LES POSSÉDÉS (Folio Théâtre n° 123)

Pour en savoir plus sur Albert Camus et son œuvre :

ROGER GRENIER *Albert Camus soleil et ombre* (Folio n° 2286)

OLIVIER TODD *Albert Camus, une vie* (Folio n° 3263)

VIRGIL TANASE *Camus* (Folio Biographies n° 65)

Bernard Pingaud commente *L'étranger* (Foliothèque n° 22)

Jacqueline Lévi-Valensi commente *La chute* (Foliothèque n° 58)

Jacqueline Lévi-Valensi commente *La peste* (Foliothèque n° 8)

Jonas
ou l'artiste au travail

Jetez-moi dans la mer... car je sais que c'est moi qui attire sur vous cette grande tempête.

JONAS, I, 12.

Gilbert Jonas, artiste peintre, croyait en son étoile. Il ne croyait d'ailleurs qu'en elle, bien qu'il se sentît du respect, et même une sorte d'admiration devant la religion des autres. Sa propre foi, pourtant, n'était pas sans vertus, puisqu'elle consistait à admettre, de façon obscure, qu'il obtiendrait beaucoup sans jamais rien mériter. Aussi, lorsque, aux environs de sa trente-cinquième année, une dizaine de critiques se disputèrent soudain la gloire d'avoir découvert son talent, il n'en montra point de surprise. Mais sa sérénité, attribuée par certains à la suffisance, s'expliquait très bien, au contraire, par une confiante modestie. Jonas rendait justice à son étoile plutôt qu'à ses mérites.

Il se montra un peu plus étonné lorsqu'un marchand de tableaux lui proposa une mensualité qui le délivrait de tout souci. En vain, l'architecte Rateau, qui depuis le lycée aimait Jonas et son étoile, lui représenta-t-il que cette mensualité lui donnerait une vie à peine décente et que le marchand n'y perdrait rien. « Tout de même », disait Jonas. Rateau, qui réussissait, mais à la force du poignet, dans tout ce qu'il entreprenait, gourmandait son ami. « Quoi, tout de même ? Il faut discuter. » Rien n'y fit. Jonas en lui-même remerciait son étoile. « Ce sera comme vous voudrez », dit-il au marchand. Et il abandonna les fonctions qu'il occupait dans la maison d'édition paternelle, pour se consacrer tout entier à la peinture. « Ça, disait-il, c'est une chance ! »

Il pensait en réalité : « C'est une chance qui continue. » Aussi loin qu'il pût remonter dans sa mémoire, il trouvait cette chance à l'œuvre. Il nourrissait ainsi une tendre reconnaissance à l'endroit de ses parents, d'abord parce qu'ils l'avaient élevé distraitement, ce qui lui avait fourni le loisir de la rêverie, ensuite parce qu'ils s'étaient séparés, pour raison d'adultère. C'était du moins le prétexte invoqué par son père qui oubliait de préciser qu'il s'agissait d'un adultère assez particulier : il ne pouvait supporter les bonnes œuvres de sa femme, véritable sainte laïque, qui, sans y voir malice, avait fait le don de sa personne à l'humanité souffrante. Mais le mari prétendait disposer en maître des vertus de sa femme. « J'en ai assez, disait cet Othello, d'être trompé avec les pauvres. »

Ce malentendu fut profitable à Jonas. Ses parents, ayant lu, ou appris, qu'on pouvait citer plusieurs cas de meurtriers sadiques issus de parents divorcés, rivalisèrent de gâteries pour étouffer dans l'œuf les germes d'une aussi fâcheuse évolution. Moins apparents étaient les effets du choc subi, selon eux, par la conscience de l'enfant, et plus ils s'en inquiétaient : les ravages invisibles devaient être les plus profonds. Pour peu que Jonas se déclarât content de lui ou de sa journée, l'inquiétude ordinaire de ses parents touchait à l'affolement. Leurs attentions redoublaient et l'enfant n'avait alors plus rien à désirer.

Son malheur supposé valut enfin à Jonas un frère dévoué en la personne de son ami Rateau. Les parents de ce dernier invitaient souvent son petit camarade de lycée parce qu'ils plaignaient son infortune. Leurs discours apitoyés inspirèrent à leur fils, vigoureux et sportif, le désir de prendre sous sa

protection l'enfant dont il admirait déjà les
réussites nonchalantes. L'admiration et la
condescendance firent un bon mélange pour
une amitié que Jonas reçut, comme le reste,
avec une simplicité encourageante.

Quand Jonas eut terminé, sans effort particulier, ses études, il eut encore la chance d'entrer dans la maison d'édition de son père
pour y trouver une situation et, par des voies
indirectes, sa vocation de peintre. Premier éditeur de France, le père de Jonas était d'avis
que le livre, plus que jamais, et en raison
même de la crise de la culture, était l'avenir.
« L'histoire montre, disait-il, que moins on lit
et plus on achète de livres. » Partant, il ne lisait que rarement les manuscrits qu'on lui soumettait, ne se décidait à les publier que sur la
personnalité de l'auteur ou l'actualité de son
sujet (de ce point de vue, le seul sujet toujours actuel étant le sexe, l'éditeur avait fini
par se spécialiser) et s'occupait seulement de
trouver des présentations curieuses et de la
publicité gratuite. Jonas reçut donc, en même
temps que le département des lectures, de
nombreux loisirs dont il fallut trouver l'em-
ploi. C'est ainsi qu'il rencontra la peinture.

Pour la première fois, il se découvrit une
ardeur imprévue, mais inlassable, consacra

bientôt ses journées à peindre et, toujours sans effort, excella dans cet exercice. Rien d'autre ne semblait l'intéresser et c'est à peine s'il put se marier à l'âge convenable : la peinture le dévorait tout entier. Aux êtres et aux circonstances ordinaires de la vie, il ne réservait qu'un sourire bienveillant qui le dispensait d'en prendre souci. Il fallut un accident de la motocyclette que Rateau conduisait trop vigoureusement, son ami en croupe, pour que Jonas, la main droite enfin immobilisée dans un bandage, et s'ennuyant, pût s'intéresser à l'amour. Là encore, il fut porté à voir dans ce grave accident les bons effets de son étoile. Sans lui, il n'eût pas pris le temps de regarder Louise Poulin comme elle le méritait.

Selon Rateau, d'ailleurs, Louise ne méritait pas d'être regardée. Petit et râblé lui-même, il n'aimait que les grandes femmes. « Je ne sais pas ce que tu trouves à cette fourmi », disait-il. Louise était en effet petite, noire de peau, de poil et d'œil, mais bien faite, et de jolie mine. Jonas, grand et solide, s'attendrissait sur la fourmi, d'autant plus qu'elle était industrieuse. La vocation de Louise était l'activité. Une telle vocation s'accordait heureusement au goût de Jonas pour l'inertie, et pour ses avantages. Louise se dévoua d'abord à la littérature, tant qu'elle crut du moins que l'édition intéressait Jonas. Elle lisait tout, sans ordre, et devint, en peu de semaines, capable de parler de tout. Jonas l'admira et se jugea définitivement dispensé de lectures puisque Louise le renseignait assez, et lui permettait de connaître l'essentiel des découvertes contemporaines. « Il ne faut plus dire, affirmait Louise, qu'un tel est méchant ou laid, mais qu'il se veut méchant ou laid. » La nuance était importante et risquait de mener au moins, comme le fit remarquer Rateau, à la condamnation du genre humain. Mais Louise trancha en montrant que cette vérité étant à la fois soutenue par la presse du cœur et les revues philosophiques, elle était universelle et ne pouvait être discutée. « Ce sera comme vous voudrez », dit Jonas, qui oublia aussitôt cette cruelle découverte pour rêver à son étoile.

Louise déserta la littérature dès qu'elle comprit que Jonas ne s'intéressait qu'à la peinture. Elle se dévoua aussitôt aux arts plastiques, courut musées et expositions, y traîna Jonas qui comprenait mal ce que peignaient ses contemporains et s'en trouvait gêné dans sa simplicité d'artiste. Il se réjouissait cependant d'être si bien renseigné sur tout ce qui touchait à son art. Il est vrai que le lendemain, il perdait jusqu'au nom du peintre dont il venait de voir les œuvres. Mais Louise avait raison lorsqu'elle lui rappelait péremptoirement une des certitudes qu'elle avait gardées de sa période littéraire, à savoir qu'en réalité on n'oubliait jamais rien. L'étoile décidément protégeait Jonas qui pouvait ainsi cumuler sans mauvaise conscience les certitudes de la mémoire et les commodités de l'oubli.

Mais les trésors de dévouement que prodiguait Louise étincelaient de leurs plus beaux feux dans la vie quotidienne de Jonas. Ce bon ange lui évitait les achats de chaussures, de vêtements et de linge qui abrègent, pour tout homme normal, les jours d'une vie déjà si courte. Elle prenait à charge, résolument, les mille inventions de la machine à tuer le temps, depuis les imprimés obscurs de la sécurité sociale jusqu'aux dispositions sans cesse renouvelées de la fiscalité. « Oui, disait Rateau, c'est entendu. Mais elle ne peut aller chez le dentiste à ta place. » Elle n'y allait pas, mais elle téléphonait et prenait les rendez-vous, aux meilleures heures ; elle s'occupait des vidanges de la 4 CV, des locations dans les hôtels de vacances, du charbon domestique ; elle achetait elle-même les cadeaux que Jonas

désirait offrir, choisissait et expédiait ses fleurs
et trouvait encore le temps, certains soirs, de
passer chez lui, en son absence, pour prépa-
rer le lit qu'il n'aurait pas besoin cette nuit-là
d'ouvrir avant de se coucher.

Du même élan, aussi bien, elle entra dans
ce lit, puis s'occupa du rendez-vous avec le
maire, y mena Jonas deux ans avant que son
talent fût enfin reconnu et organisa le voyage
de noces de manière que tous les musées fussent visités. Non sans avoir trouvé, auparavant,
en pleine crise du logement, un appartement
de trois pièces où ils s'installèrent, au retour.
Elle fabriqua ensuite, presque coup sur coup,
deux enfants, garçon et fille, selon son plan
qui était d'aller jusqu'à trois et qui fut rem-
pli peu après que Jonas eut quitté la maison
d'édition pour se consacrer à la peinture.

Dès qu'elle eut accouché, d'ailleurs, Louise
ne se dévoua plus qu'à son, puis ses enfants.
Elle essayait encore d'aider son mari mais le
temps lui manquait. Sans doute, elle regrettait
de négliger Jonas, mais son caractère décidé
l'empêchait de s'attarder à ces regrets. « Tant
pis, disait-elle, chacun son établi. » Expression
dont Jonas se déclarait d'ailleurs enchanté,
car il désirait, comme tous les artistes de son
époque, passer pour un artisan. L'artisan fut

donc un peu négligé et dut acheter ses souliers lui-même. Cependant, outre que cela
était dans la nature des choses, Jonas fut
encore tenté de s'en féliciter. Sans doute, il
devait faire effort pour visiter les magasins,
mais cet effort était récompensé par l'une de
ces heures de solitude qui donne tant de prix
au bonheur des couples.

Le problème de l'espace vital l'emportait
de loin, pourtant, sur les autres problèmes du
ménage, car le temps et l'espace se rétrécis-
saient du même mouvement, autour d'eux.
La naissance des enfants, le nouveau métier
de Jonas, leur installation étroite, et la modestie de la mensualité qui interdisait d'acheter
un plus grand appartement, ne laissaient
qu'un champ restreint à la double activité
de Louise et de Jonas. L'appartement se trouvait au premier étage d'un ancien hôtel du
XVIIIᵉ siècle, dans le vieux quartier de la capitale. Beaucoup d'artistes logeaient dans cet
arrondissement, fidèles au principe qu'en art
la recherche du neuf doit se faire dans un
cadre ancien. Jonas, qui partageait cette
conviction, se réjouissait beaucoup de vivre
dans ce quartier.

Pour ancien, en tout cas, son appartement
l'était. Mais quelques arrangements très mo-

dernes lui avaient donné un air original qui
tenait principalement à ce qu'il offrait à ses
hôtes un grand volume d'air alors qu'il n'occupait qu'une surface réduite. Les pièces, particulièrement hautes, et ornées de superbes
fenêtres, avaient été certainement destinées,
si on en jugeait par leurs majestueuses pro-
portions, à la réception et à l'apparat. Mais les
nécessités de l'entassement urbain et de la
rente immobilière avaient contraint les propriétaires successifs à couper par des cloisons
ces pièces trop vastes, et à multiplier par ce
moyen les stalles qu'ils louaient au prix fort à
leur troupeau de locataires. Ils n'en faisaient
pas moins valoir ce qu'ils appelaient « l'impor-
tant cubage d'air ». Cet avantage n'était pas
niable. Il fallait seulement l'attribuer à l'im-
possibilité où s'étaient trouvés les propriétaires de cloisonner aussi les pièces dans leur
hauteur. Sans quoi, ils n'eussent pas hésité à
faire les sacrifices nécessaires pour offrir quelques refuges de plus à la génération mon-
tante, particulièrement marieuse et prolifique
à cette époque. Le cubage d'air ne présentait
pas, d'ailleurs, que des avantages. Il offrait
l'inconvénient de rendre les pièces difficiles à
chauffer en hiver, ce qui obligeait malheureusement les propriétaires à majorer l'indem-

nité de chauffage. En été, à cause de la vaste surface vitrée, l'appartement était littéralement violé par la lumière : il n'y avait pas de persiennes. Les propriétaires avaient négligé d'en placer, découragés sans doute par la hauteur des fenêtres et le prix de la menuiserie. D'épais rideaux, après tout, pouvaient jouer le même rôle et ne posaient aucun problème quant au prix de revient, puisqu'ils étaient à la charge des locataires. Les propriétaires, au demeurant, ne refusaient pas d'aider ces derniers et leur offraient à des prix imbattables des rideaux venus de leurs propres magasins. La philanthropie immobilière était en effet leur violon d'Ingres. Dans l'ordinaire de la vie, ces *nouveaux princes* vendaient de la percale et du velours.

Jonas s'était extasié sur les avantages de l'appartement et en avait admis sans peine les inconvénients. « Ce sera comme vous voudrez », dit-il au propriétaire pour l'indemnité de chauffage. Quant aux rideaux, il approuvait Louise qui trouvait suffisant de garnir la seule chambre à coucher et de laisser les autres fenêtres nues. « Nous n'avons rien à cacher », disait ce cœur pur. Jonas avait été particulièrement séduit par la plus grande pièce dont le plafond était si haut qu'il ne pouvait être question d'y installer un système d'éclairage. On entrait de plain-pied dans cette pièce qu'un étroit couloir reliait aux deux autres, beaucoup plus petites, et placées en enfilade. Au bout de l'appartement, la cuisine voisinait avec les commodités et un réduit décoré du nom de salle de douches. Il pouvait en effet passer pour tel à la condition d'y installer un appareil, de le placer dans le sens vertical, et de consentir à recevoir le jet bienfaisant dans une immobilité absolue.

La hauteur vraiment extraordinaire des plafonds, et l'exiguïté des pièces, faisaient de cet appartement un étrange assemblage de parallélépipèdes presque entièrement vitrés, tout en portes et en fenêtres, où les meubles ne pouvaient trouver d'appui et où les êtres, perdus dans la lumière blanche et violente, semblaient flotter comme des ludions dans un aquarium vertical. De plus, toutes les fenêtres donnaient sur la cour, c'est-à-dire, à peu de distance, sur d'autres fenêtres du même style derrière lesquelles on apercevait presque aussitôt le haut dessin de nouvelles fenêtres donnant sur une deuxième cour. « C'est le cabinet des glaces », disait Jonas ravi. Sur le conseil de Rateau, on avait décidé de placer la chambre conjugale dans l'une des petites pièces, l'autre devant abriter l'enfant qui s'annonçait déjà. La grande pièce servait d'atelier à Jonas pendant la journée, de pièce commune le soir et à l'heure des repas. On pouvait d'ailleurs, à la rigueur, manger dans la cuisine, pourvu que Jonas, ou Louise, voulût bien se tenir debout. Rateau, de son côté, avait multiplié les installations ingénieuses. À force de portes roulantes, de tablettes escamotables et de tables pliantes, il était parvenu à compenser la rareté des meubles, en accentuant l'air de boîte à surprises de cet original appartement.

Mais quand les pièces furent pleines de tableaux et d'enfants, il fallut songer sans tarder à une nouvelle installation. Avant la naissance du troisième enfant, en effet, Jonas travaillait dans la grande pièce, Louise tricotait dans la chambre conjugale, tandis que les deux petits occupaient la dernière chambre, y menaient grand train, et roulaient aussi, comme ils le pouvaient, dans tout l'appartement. On décida alors d'installer le nouveauné dans un coin de l'atelier que Jonas isola en superposant ses toiles à la manière d'un paravent, ce qui offrait l'avantage d'avoir l'enfant à la portée de l'oreille et de pouvoir ainsi répondre à ses appels. Jonas d'ailleurs n'avait

jamais besoin de se déranger, Louise le pré-
venait. Elle n'attendait pas que l'enfant criât
pour entrer dans l'atelier, quoique avec mille
précautions, et toujours sur la pointe des
pieds. Jonas, attendri par cette discrétion, assura un jour Louise qu'il n'était pas si sensible
et qu'il pouvait très bien travailler sur le bruit
de ses pas. Louise répondit qu'il s'agissait
aussi de ne pas réveiller l'enfant. Jonas, plein
d'admiration pour le cœur maternel qu'elle
découvrait ainsi, rit de bon cœur de sa mé-
prise. Du coup, il n'osa pas avouer que les in-
terventions prudentes de Louise étaient plus
gênantes qu'une franche irruption. D'abord
parce qu'elles duraient plus longtemps, ensuite parce qu'elles s'exécutaient selon une
mimique où Louise, les bras largement écar-
tés, le torse un peu renversé en arrière, et la
jambe lancée très haut devant elle, ne pouvait
passer inaperçue. Cette méthode allait même
contre ses intentions avouées, puisque Louise
risquait à tout moment d'accrocher quelqu'une des toiles dont l'atelier était encom-
bré. Le bruit réveillait alors l'enfant qui mani-
festait son mécontentement selon ses moyens,
du reste assez puissants. Le père, enchanté des
capacités pulmonaires de son fils, courait le
dorloter, bientôt relayé par sa femme. Jonas

relevait alors ses toiles, puis, pinceaux en main, écoutait, charmé, la voix insistante et souveraine de son fils.

Ce fut le moment aussi où le succès de Jonas lui valut beaucoup d'amis. Ces amis se manifestaient au téléphone, ou à l'occasion de visites impromptues. Le téléphone qui, tout bien pesé, avait été placé dans l'atelier, résonnait souvent, toujours au préjudice du sommeil de l'enfant qui mêlait ses cris à la sonnerie impérative de l'appareil. Si, d'aventure, Louise était en train de soigner les autres enfants, elle s'efforçait d'accourir avec eux, mais la plupart du temps elle trouvait Jonas tenant l'enfant d'une main et, de l'autre, les pinceaux avec le récepteur du téléphone qui lui transmettait une invitation affectueuse à déjeuner. Jonas s'émerveillait qu'on voulût bien déjeuner avec lui, dont la conversation était banale, mais préférait les sorties du soir afin de garder intacte sa journée de travail. La plupart du temps, malheureusement, l'ami n'avait que le déjeuner, et ce déjeuner-ci, de libre ; il tenait absolument à le réserver au cher Jonas. Le cher Jonas acceptait : « Comme vous voudrez ! », raccrochait : « Est-il gentil celui-là ! », et rendait l'enfant à Louise. Puis il reprenait son travail, bientôt interrompu

par le déjeuner ou le dîner. Il fallait écarter
les toiles, déplier la table perfectionnée, et
s'installer avec les petits. Pendant le repas,
Jonas gardait un œil sur le tableau en train,
et il lui arrivait, au début du moins, de trouver ses enfants un peu lents à mastiquer et à
déglutir, ce qui donnait à chaque repas une
longueur excessive. Mais il lut dans son journal qu'il fallait manger avec lenteur pour
bien assimiler, et trouva dès lors dans chaque
repas des raisons de se réjouir longuement.

D'autres fois, ses nouveaux amis lui faisaient
visite. Rateau, lui, ne venait qu'après dîner. Il
était à son bureau dans la journée, et puis, il
savait que les peintres travaillent à la lumière
du jour. Mais les nouveaux amis de Jonas
appartenaient presque tous à l'espèce artiste
ou critique. Les uns avaient peint, d'autres
allaient peindre, et les derniers enfin s'occupaient de ce qui avait été peint ou le serait.
Tous, certainement, plaçaient très haut les travaux de l'art, et se plaignaient de l'organisation du monde moderne qui rend si difficile
la poursuite desdits travaux et l'exercice, indispensable à l'artiste, de la méditation. Ils s'en
plaignaient des après-midi durant, suppliant
Jonas de continuer à travailler, de faire comme
s'ils n'étaient pas là, et d'en user librement

avec eux qui n'étaient pas bourgeois et sa-
vaient ce que valait le temps d'un artiste. Jonas,
content d'avoir des amis capables d'admettre
qu'on pût travailler en leur présence, retournait à son tableau sans cesser de répondre
aux questions qu'on lui posait, ou de rire aux
anecdotes qu'on lui contait.

Tant de naturel mettait ses amis de plus en
plus à l'aise. Leur bonne humeur était si réelle
qu'ils en oubliaient l'heure du repas. Les
enfants, eux, avaient meilleure mémoire. Ils
accouraient, se mêlaient à la société, hurlaient, étaient pris en charge par les visiteurs,
sautaient de genoux en genoux. La lumière
déclinait enfin sur le carré du ciel dessiné par
la cour, Jonas posait ses pinceaux. Il ne restait qu'à inviter les amis, à la fortune du pot,
et à parler encore, tard dans la nuit, de l'art
bien sûr, mais surtout des peintres sans talent,
plagiaires ou intéressés, qui n'étaient pas là.
Jonas, lui, aimait à se lever tôt, pour profiter
des premières heures de la lumière. Il savait
que ce serait difficile, que le petit déjeuner
ne serait pas prêt à temps, et que lui-même
serait fatigué. Mais il se réjouissait aussi d'apprendre, en un soir, tant de choses qui ne
pouvaient manquer de lui être profitables,
quoique de manière invisible, dans son art.

« En art, comme dans la nature, rien ne se perd, disait-il. C'est un effet de l'étoile. »

Aux amis se joignaient parfois les disciples : Jonas maintenant faisait école. Il en avait d'abord été surpris, ne voyant pas ce qu'on pouvait apprendre de lui qui avait tout à découvrir. L'artiste, en lui, marchait dans les ténèbres ; comment aurait-il enseigné les vrais chemins ? Mais il comprit assez vite qu'un disciple n'était pas forcément quelqu'un qui aspire à apprendre quelque chose. Plus souvent, au contraire, on se faisait disciple pour le plaisir désintéressé d'enseigner son maître. Dès lors, il put accepter, avec humilité, ce surcroît d'honneurs. Les disciples de Jonas lui expliquaient longuement ce qu'il avait peint, et pourquoi. Jonas découvrait ainsi dans son œuvre beaucoup d'intentions qui le surprenaient un peu, et une foule de choses qu'il n'y avait pas mises. Il se croyait pauvre et, grâce à ses élèves, se trouvait riche d'un seul coup. Parfois, devant tant de richesses jusqu'alors inconnues, un soupçon de fierté effleurait Jonas. « C'est tout de même vrai, se disait-il. Ce visage-là, au dernier plan, on ne voit que lui. Je ne comprends pas bien ce qu'ils veulent dire en parlant d'humanisation indirecte. Pourtant, avec cet effet, je suis allé assez loin. »

Mais bien vite, il se débarrassait sur son étoile de cette incommode maîtrise. « C'est l'étoile, disait-il, qui va loin. Moi, je reste près de Louise et des enfants. »

Les disciples avaient d'ailleurs un autre mérite : ils obligeaient Jonas à une plus grande rigueur envers lui-même. Ils le mettaient si haut dans leurs discours, et particulièrement en ce qui concernait sa conscience et sa force de travail, qu'après cela aucune faiblesse ne lui était plus permise. Il perdit ainsi sa vieille habitude de croquer un bout de sucre ou de chocolat quand il avait terminé un passage difficile, et avant de se remettre au travail. Dans la solitude, malgré tout, il eût cédé clandestinement à cette faiblesse. Mais il fut aidé dans ce progrès moral par la présence presque constante de ses disciples et amis devant lesquels il se trouvait un peu gêné de grignoter du chocolat et dont il ne pouvait d'ailleurs, pour une si petite manie, interrompre l'intéressante conversation.

De plus, ses disciples exigeaient qu'il restât fidèle à son esthétique. Jonas, qui peinait longuement pour recevoir de loin en loin une sorte d'éclair fugitif où la réalité surgissait alors à ses yeux dans une lumière vierge, n'avait qu'une idée obscure de sa propre esthétique. Ses disciples, au contraire, en avaient plusieurs idées, contradictoires et catégoriques ; ils ne plaisantaient pas là-dessus. Jonas eût aimé, parfois, invoquer le caprice, cet humble ami de l'artiste. Mais les froncements de sourcils de ses disciples devant certaines toiles qui s'écartaient de leur idée le forçaient à réfléchir un peu plus sur son art, ce qui était tout bénéfice.

Enfin, les disciples aidaient Jonas d'une autre manière en le forçant à donner son avis sur leur propre production. Il ne se passait pas de jour, en effet, qu'on ne lui apportât quelque toile à peine ébauchée que son auteur plaçait entre Jonas et le tableau en train, afin de faire bénéficier l'ébauche de la meilleure lumière. Il fallait donner un avis. Jusqu'à cette époque, Jonas avait toujours eu une secrète honte de son incapacité profonde à juger d'une œuvre d'art. Exception faite pour une poignée de tableaux qui le transportaient, et pour les gribouillages évidemment grossiers, tout lui paraissait également intéressant et indifférent. Il fut donc forcé de se constituer un arsenal de jugements, d'autant plus variés que ses disciples, comme tous les artistes de la capitale, avaient en somme un certain talent, et qu'il lui fallait établir, lorsqu'ils étaient là, des nuances assez diverses pour satisfaire chacun. Cette heureuse obligation le contraignit donc à se faire un vocabulaire, et des opinions sur son art. Sa naturelle bienveillance ne fut d'ailleurs pas aigrie par cet effort. Il comprit rapidement que ses disciples ne lui demandaient pas des critiques, dont ils n'avaient que faire, mais seulement des encouragements et, s'il se pouvait, des éloges. Il fallait seulement que les éloges fussent différents. Jonas ne se contenta plus d'être aimable, à son ordinaire. Il le fut avec ingéniosité.

Ainsi coulait le temps de Jonas, qui peignait au milieu d'amis et d'élèves, installés sur des chaises maintenant disposées en rangs concentriques autour du chevalet. Souvent, aussi bien, des voisins apparaissaient aux fenêtres d'en face et s'ajoutaient à son public. Il discutait, échangeait des vues, examinait les toiles qui lui étaient soumises, souriait aux passages de Louise, consolait les enfants et répondait chaleureusement aux appels téléphoniques, sans jamais lâcher ses pinceaux avec lesquels, de temps en temps, il ajoutait une touche au tableau commencé. Dans un sens, sa vie était bien remplie, toutes ses heures étaient employées, et il rendait grâces au destin qui lui épargnait l'ennui. Dans un autre sens, il fallait beaucoup de touches pour remplir un tableau et il pensait parfois que l'ennui avait du bon puisqu'on pouvait s'en évader par le travail acharné. La production de Jonas, au contraire, ralentissait dans la mesure où ses amis devenaient plus intéressants. Même dans les rares heures où il était tout à fait seul, il se sentait trop fatigué pour mettre les bouchées doubles. Et dans ces heures, il ne pouvait que rêver d'une nouvelle organisation qui concilierait les plaisirs de l'amitié et les vertus de l'ennui.

Il s'en ouvrit à Louise qui, de son côté, s'inquiétait devant la croissance de ses deux aînés et l'étroitesse de leur chambre. Elle proposa de les installer dans la grande pièce en masquant leur lit par un paravent, et de transporter le bébé dans la petite pièce où il ne serait pas réveillé par le téléphone. Comme le bébé ne tenait aucune place, Jonas pouvait faire de la petite pièce son atelier. La grande servirait alors aux réceptions de la journée, Jonas pourrait aller et venir, rendre visite à ses amis ou travailler, sûr qu'il était d'être compris dans son besoin d'isolement. De plus, la nécessité de coucher les grands enfants permettrait d'écourter les soirées. « Superbe, dit

Jonas après réflexion. — Et puis, dit Louise, si tes amis partent tôt, nous nous verrons un peu plus. » Jonas la regarda. Une ombre de tristesse passait sur le visage de Louise. Ému, il la prit contre lui, l'embrassa avec toute sa tendresse. Elle s'abandonna et, pendant un instant, ils furent heureux comme ils l'avaient été au début de leur mariage. Mais elle se secoua : la pièce était peut-être trop petite pour Jonas. Louise se saisit d'un mètre pliant et ils découvrirent qu'en raison de l'encombrement créé par ses toiles et par celles de ses élèves, de beaucoup les plus nombreuses, il travaillait, ordinairement, dans un espace à peine plus grand que celui qui lui serait, désormais, attribué. Jonas procéda sans tarder au déménagement.

Sa réputation, par chance, grandissait d'autant plus qu'il travaillait moins. Chaque exposition était attendue et célébrée d'avance. Il est vrai qu'un petit nombre de critiques, parmi lesquels se trouvaient deux des visiteurs habituels de l'atelier, tempéraient de quelques réserves la chaleur de leur compte rendu. Mais l'indignation des disciples compensait, et au-delà, ce petit malheur. Bien sûr, affirmaient ces derniers avec force, ils mettaient au-dessus de tout les toiles de la première

période, mais les recherches actuelles prépa-
raient une véritable révolution. Jonas se repro-
chait le léger agacement qui lui venait chaque
fois qu'on exaltait ses premières œuvres et
remerciait avec effusion. Seul Rateau gro-
gnait : « Drôles de pistolets... Ils t'aiment en
statue, immobile. Avec eux, défense de vivre ! »
Mais Jonas défendait ses disciples : « Tu ne
peux pas comprendre, disait-il à Rateau, toi,
tu aimes tout ce que je fais. » Rateau riait :
« Parbleu. Ce ne sont pas tes tableaux que
j'aime. C'est ta peinture. »

Les tableaux continuaient de plaire en
tout cas et, après une exposition accueillie
chaleureusement, le marchand proposa, de
lui-même, une augmentation de la mensualité. Jonas accepta, en protestant de sa gratitude. « À vous entendre, dit le marchand, on
croirait que vous attachez de l'importance à
l'argent. » Tant de bonhomie conquit le cœur
du peintre. Cependant, comme il demandait
au marchand l'autorisation de donner une
toile à une vente de charité, celui-ci s'inquiéta
de savoir s'il s'agissait d'une charité « qui rap-
portait ». Jonas l'ignorait. Le marchand proposa donc d'en rester honnêtement aux
termes du contrat qui lui accordait un privi-
lège exclusif quant à la vente. « Un contrat

est un contrat », dit-il. Dans le leur, la charité n'était pas prévue. « Ce sera comme vous
voudrez », dit le peintre.

La nouvelle organisation n'apporta que des
satisfactions à Jonas. Il put, en effet, s'isoler
assez souvent pour répondre aux nombreuses lettres qu'il recevait maintenant et que sa
courtoisie ne pouvait laisser sans réponse. Les
unes concernaient l'art de Jonas, les autres,
de beaucoup les plus nombreuses, la personne
du correspondant, soit qu'il voulût être encouragé dans sa vocation de peintre, soit qu'il
eût à demander un conseil ou une aide financière. À mesure que le nom de Jonas paraissait dans les gazettes, il fut aussi sollicité,
comme tout le monde, d'intervenir pour dénoncer des injustices très révoltantes. Jonas
répondait, écrivait sur l'art, remerciait, donnait son conseil, se privait d'une cravate pour
envoyer un petit secours, signait enfin les
justes protestations qu'on lui soumettait. « Tu
fais de la politique, maintenant ? Laisse ça aux
écrivains et aux filles laides », disait Rateau.
Non, il ne signait que les protestations qui se
déclaraient étrangères à tout esprit de parti.
Mais toutes se réclamaient de cette belle indépendance. À longueur de semaines, Jonas traînait ses poches gonflées d'un courrier sans

cesse négligé et renouvelé. Il répondait aux
plus pressantes, qui venaient généralement
d'inconnus, et gardait pour un meilleur temps
celles qui demandaient une réponse à loisir,
c'est-à-dire les lettres d'amis. Tant d'obliga-
tions lui interdisaient en tout cas la flânerie,
et l'insouciance du cœur. Il se sentait toujours
en retard, et toujours coupable, même quand
il travaillait, ce qui lui arrivait de temps en
temps.

Louise était de plus en plus mobilisée par
les enfants, et s'épuisait à faire tout ce que lui-
même, en d'autres circonstances, eût pu faire
dans la maison. Il en était malheureux. Après
tout, il travaillait, lui, pour son plaisir, elle
avait la plus mauvaise part. Il s'en apercevait
bien quand elle était en courses. « Le téléphone ! » criait l'aîné, et Jonas plantait là son
tableau pour y revenir, le cœur en paix, avec
une invitation supplémentaire. « C'est pour
le gaz ! » hurlait un employé dans la porte
qu'un enfant lui avait ouverte. « Voilà, voilà ! »
Quand Jonas quittait le téléphone, ou la
porte, un ami, un disciple, les deux parfois,
le suivaient jusqu'à la petite pièce pour termi-
ner la conversation commencée. Peu à peu,
tous devinrent familiers du couloir. Ils s'y
tenaient, bavardaient entre eux, prenaient de

loin Jonas à témoin, ou bien faisaient une courte irruption dans la petite pièce. « Ici, au moins, s'exclamaient ceux qui entraient, on peut vous voir un peu, et à loisir. » Jonas s'attendrissait : « C'est vrai, disait-il. Finalement, on ne se voit plus. » Il sentait bien aussi qu'il décevait ceux qu'il ne voyait pas, et il s'en attristait. Souvent, il s'agissait d'amis qu'il eût préféré rencontrer. Mais le temps lui manquait, il ne pouvait tout accepter. Aussi, sa réputation s'en ressentit. « Il est devenu fier, disait-on, depuis qu'il a réussi. Il ne voit plus personne. » Ou bien : « Il n'aime personne, que lui. » Non, il aimait sa peinture, et Louise, ses enfants, Rateau, quelques-uns encore, et il avait de la sympathie pour tous. Mais la vie est brève, le temps rapide, et sa propre énergie avait des limites. Il était difficile de peindre le monde et les hommes et, en même temps, de vivre avec eux. D'un autre côté, il ne pouvait se plaindre ni expliquer ses empêchements. Car on lui frappait alors sur l'épaule. « Heureux gaillard ! C'est la rançon de la gloire ! »

Le courrier s'accumulait donc, les disciples ne toléraient aucun relâchement, et les gens du monde maintenant affluaient que Jonas d'ailleurs estimait de s'intéresser à la peinture

quand ils eussent pu, comme chacun, se pas-
sionner pour la royale famille d'Angleterre
ou les relais gastronomiques. À la vérité, il
s'agissait surtout de femmes du monde, mais
qui avaient une grande simplicité de manières.
Elles n'achetaient pas elles-mêmes de toiles et
amenaient seulement leurs amis chez l'artiste
dans l'espoir, souvent déçu, qu'ils achète-
raient à leur place. En revanche, elles
aidaient Louise, particulièrement en prépa-
rant du thé pour les visiteurs. Les tasses pas-
saient de main en main, parcouraient le
couloir, de la cuisine à la grande pièce, revenaient ensuite pour atterrir dans le petit atelier où Jonas, au milieu d'une poignée d'amis
et de visiteurs qui suffisaient à remplir la
chambre, continuait de peindre jusqu'au moment où il devait déposer ses pinceaux pour
prendre, avec reconnaissance, la tasse qu'une
fascinante personne avait spécialement remplie pour lui.

Il buvait son thé, regardait l'ébauche qu'un
disciple venait de poser sur son chevalet, riait
avec ses amis, s'interrompait pour demander
à l'un d'eux de bien vouloir poster le paquet
de lettres qu'il avait écrites dans la nuit, redres-
sait le petit deuxième tombé dans ses jambes,
posait pour une photographie et puis : « Jonas,

le téléphone ! » il brandissait sa tasse, fendait
en s'excusant la foule qui occupait son couloir, revenait, peignait un coin de tableau,
s'arrêtait pour répondre à la fascinante que,
certainement, il ferait son portrait, et retournait au chevalet. Il travaillait, mais : « Jonas,
une signature ! — Qu'est-ce que c'est, disait-il,
le facteur ? — Non, les forçats du Cachemire.
— Voilà, voilà ! » Il courait alors à la porte recevoir un jeune ami des hommes et sa protestation, s'inquiétait de savoir s'il s'agissait de
politique, signait après avoir reçu un complet
apaisement en même temps que des remon-
trances sur les devoirs que lui créaient ses pri-
vilèges d'artiste et réapparaissait pour qu'on
lui présente, sans qu'il pût comprendre leur
nom, un boxeur fraîchement victorieux, ou
le plus grand dramaturge d'un pays étranger.
Le dramaturge lui faisait face pendant cinq
minutes, exprimant par des regards émus ce
que son ignorance du français ne lui permettait pas de dire plus clairement, pendant que
Jonas hochait la tête avec une sincère sympathie. Heureusement, cette situation sans issue
était dénouée par l'irruption du dernier pré-
dicateur de charme qui voulait être présenté
au grand peintre. Jonas, enchanté, disait qu'il
l'était, tâtait le paquet de lettres dans sa poche,

empoignait ses pinceaux, se préparait à re-
prendre un passage, mais devait d'abord re-
mercier pour la paire de setters qu'on lui
amenait à l'instant, allait les garer dans la
chambre conjugale, revenait pour accepter
l'invitation à déjeuner de la donatrice, ressor-
tait aux cris de Louise pour constater sans
doute possible que les setters n'avaient pas
été dressés à vivre en appartement, et les menait dans la salle de douches où ils hurlaient
avec tant de persévérance qu'on finissait par
ne plus les entendre. De loin en loin, par-
dessus les têtes, Jonas apercevait le regard de
Louise et il lui semblait que ce regard était
triste. La fin du jour arrivait enfin, des visiteurs prenaient congé, d'autres s'attardaient
dans la grande pièce et regardaient avec atten-
drissement Louise coucher les enfants, aidée
gentiment par une élégante à chapeau qui se
désolait de devoir tout à l'heure regagner son
hôtel particulier où la vie, dispersée sur deux
étages, était tellement moins intime et chaleu-
reuse que chez les Jonas.

Un samedi après-midi, Rateau vint appor-
ter à Louise un ingénieux séchoir à linge qui
pouvait se fixer au plafond de la cuisine. Il
trouva l'appartement bondé et, dans la petite
pièce, entouré de connaisseurs, Jonas qui pei-

gnait la donatrice aux chiens, mais était peint lui-même par un artiste officiel. Celui-ci, selon Louise, exécutait une commande de l'État. « Ce sera *l'Artiste au travail*. » Rateau se retira dans un coin de la pièce pour regarder son ami, absorbé visiblement par son effort. Un des connaisseurs, qui n'avait jamais vu Rateau, se pencha vers lui : « Hein, dit-il, il a bonne mine ! » Rateau ne répondit pas. « Vous peignez, continua l'autre. Moi aussi. Eh bien, croyez-moi, il baisse. — Déjà ? dit Rateau. — Oui. C'est le succès. On ne résiste pas au succès. Il est fini. — Il baisse ou il est fini ? — Un artiste qui baisse est fini. Voyez, il n'a plus rien à peindre. On le peint lui-même et on l'accrochera au mur. »

Plus tard, au milieu de la nuit, dans la chambre conjugale, Louise, Rateau et Jonas, celui-ci debout, les deux autres assis sur un coin du lit, se taisaient. Les enfants dormaient, les chiens étaient en pension à la campagne, Louise venait de laver la nombreuse vaisselle que Jonas et Rateau avaient essuyée, la fatigue était bonne. « Prenez une domestique » avait dit Rateau, devant la pile d'assiettes. Mais Louise, avec mélancolie : « Où la mettrions-nous ? » Ils se taisaient donc. « Es-tu content ? » demanda soudain Rateau. Jonas sourit, mais

il avait l'air las. « Oui. Tout le monde est gentil avec moi. — Non, dit Rateau. Méfie-toi. Ils
ne sont pas tous bons. — Qui ? — Tes amis
peintres, par exemple. — Je sais, dit Jonas.
Mais beaucoup d'artistes sont comme ça. Ils
ne sont pas sûrs d'exister, même les plus
grands. Alors, ils cherchent des preuves, ils
jugent, ils condamnent. Ça les fortifie, c'est
un commencement d'existence. Ils sont
seuls ! » Rateau secouait la tête. « Crois-moi,
dit Jonas, je les connais. Il faut les aimer.
— Et toi, dit Rateau, tu existes donc ? Tu ne
dis jamais de mal de personne. » Jonas se mit
à rire : « Oh ! j'en pense souvent du mal.
Seulement, j'oublie. » Il devint grave : « Non,
je ne suis pas certain d'exister. Mais j'existe-
rai, j'en suis sûr. »

Rateau demanda à Louise ce qu'elle en
pensait. Elle sortit de sa fatigue pour dire que
Jonas avait raison : l'opinion de leurs visiteurs
n'avait pas d'importance. Seul le travail de
Jonas importait. Et elle sentait bien que l'enfant le gênait. Il grandissait d'ailleurs, il fau-
drait acheter un divan, qui prendrait de la
place. Comment faire, en attendant de trouver un plus grand appartement ! Jonas regardait la chambre conjugale. Bien sûr, ce n'était
pas l'idéal, le lit était très large. Mais la pièce

était vide toute la journée. Il le dit à Louise qui réfléchit. Dans la chambre, du moins, Jonas ne serait pas dérangé ; on n'oserait tout de même pas se coucher sur leur lit. « Qu'en pensez-vous ? » demanda Louise, à son tour, à Rateau. Celui-ci regardait Jonas. Jonas contemplait les fenêtres d'en face. Puis, il leva les yeux vers le ciel sans étoiles, et alla tirer les rideaux. Quand il revint, il sourit à Rateau et s'assit, près de lui, sur le lit, sans rien dire. Louise, visiblement fourbue, déclara qu'elle allait prendre sa douche. Quand les deux amis furent seuls, Jonas sentit l'épaule de Rateau toucher la sienne. Il ne le regarda pas, mais dit : « J'aime peindre. Je voudrais peindre ma vie entière, jour et nuit. N'est-ce pas une chance, cela ? » Rateau le regardait avec tendresse : « Oui, dit-il, c'est une chance. »

Les enfants grandissaient et Jonas était heureux de les voir gais et vigoureux. Ils allaient en classe, et revenaient à quatre heures. Jonas pouvait encore en profiter le samedi après-midi, le jeudi, et aussi, à longueur de journées, pendant de fréquentes et longues vacances. Ils n'étaient pas encore assez grands pour jouer sagement, mais se montraient assez robustes pour meubler l'appartement de leurs disputes et de leurs rires. Il fallait les calmer,

les menacer, faire mine parfois de les battre.
Il y avait aussi le linge à tenir propre, les boutons à recoudre ; Louise n'y suffisait plus.
Puisqu'on ne pouvait loger une domestique,
ni même l'introduire dans l'étroite intimité
où ils vivaient, Jonas suggéra d'appeler à l'aide
la sœur de Louise, Rose, qui était restée
veuve avec une grande fille. « Oui, dit Louise,
avec Rose, on ne se gênera pas. On la mettra
à la porte quand on voudra. » Jonas se réjouit
de cette solution qui soulagerait Louise en
même temps que sa propre conscience, em-
barrassée devant la fatigue de sa femme. Le
soulagement fut d'autant plus grand que la
sœur amenait souvent sa fille en renfort. Toutes deux avaient le meilleur cœur du monde ;
la vertu et le désintéressement éclataient dans
leur nature honnête. Elles firent l'impossible
pour venir en aide au ménage et n'épargnè-
rent pas leur temps. Elles y furent aidées par
l'ennui de leurs vies solitaires et le plaisir
d'aise qu'elles trouvaient chez Louise. Comme
prévu, en effet, personne ne se gêna et les
deux parentes, dès le premier jour, se senti-
rent vraiment chez elles. La grande pièce
devint commune, à la fois salle à manger, lin-
gerie, et garderie d'enfants. La petite pièce
où dormait le dernier-né servit à entreposer

les toiles et un lit de camp où dormait parfois Rose, quand elle se trouvait sans sa fille.

Jonas occupait la chambre conjugale et travaillait dans l'espace qui séparait le lit de la fenêtre. Il fallait seulement attendre que la chambre fût faite, après celle des enfants. Ensuite, on ne venait plus le déranger que pour chercher quelque pièce de linge : la seule armoire de la maison se trouvait en effet dans cette chambre. Les visiteurs, de leur côté, quoique un peu moins nombreux, avaient pris des habitudes et, contre l'espérance de Louise, n'hésitaient pas à se coucher sur le lit conjugal pour mieux bavarder avec Jonas. Les enfants venaient aussi embrasser leur père. « Fais voir l'image. » Jonas leur montrait l'image qu'il peignait et les embrassait avec tendresse. En les renvoyant, il sentait qu'ils occupaient tout l'espace de son cœur, pleinement, sans restriction. Privé d'eux, il ne retrouverait plus que vide et solitude. Il les aimait autant que sa peinture parce que, seuls dans le monde, ils étaient aussi vivants qu'elle.

Pourtant, Jonas travaillait moins, sans qu'il pût savoir pourquoi. Il était toujours assidu, mais il avait maintenant de la difficulté à peindre, même dans les moments de solitude. Ces moments, il les passait à regarder le ciel. Il

avait toujours été distrait et absorbé, il devint
rêveur. Il pensait à la peinture, à sa vocation,
au lieu de peindre. « J'aime peindre », se
disait-il encore, et la main qui tenait le pin-
ceau pendait le long de son corps, et il écoutait une radio lointaine.

En même temps, sa réputation baissait. On
lui apportait des articles réticents, d'autres
mauvais, et quelques-uns si méchants que
son cœur se serrait. Mais il se disait qu'il y
avait aussi du profit à tirer de ces attaques qui
le pousseraient à mieux travailler. Ceux qui
continuaient à venir le traitaient avec moins
de déférence, comme un vieil ami, avec qui il
n'y a pas à se gêner. Quand il voulait retourner à son travail : « Bah ! disaient-ils, tu as bien
le temps ! » Jonas sentait que d'une certaine
manière, ils l'annexaient déjà à leur propre
échec. Mais, dans un autre sens, cette solida-
rité nouvelle avait quelque chose de bienfaisant. Rateau haussait les épaules : « Tu es trop
bête. Ils ne t'aiment guère. — Ils m'aiment
un peu maintenant, répondait Jonas. Un peu
d'amour, c'est énorme. Qu'importe comme
on l'obtient ! » Il continuait donc de parler,
d'écrire des lettres et de peindre, comme il
pouvait. De loin en loin, il peignait vraiment,
surtout le dimanche après-midi, quand les

enfants sortaient avec Louise et Rose. Le soir, il se réjouissait d'avoir un peu avancé le tableau en cours. À cette époque, il peignait des ciels.

Le jour où le marchand lui fit savoir qu'à son regret, devant la diminution sensible des ventes, il était obligé de réduire sa mensualité, Jonas l'approuva, mais Louise montra de l'inquiétude. C'était le mois de septembre, il fallait habiller les enfants pour la rentrée. Elle se mit elle-même à l'ouvrage, avec son courage habituel, et fut bientôt dépassée. Rose, qui pouvait raccommoder et coudre des boutons, n'était pas couturière. Mais la cousine de son mari l'était ; elle vint aider Louise. De temps en temps, elle s'installait dans la chambre de Jonas, sur une chaise de coin, où cette personne silencieuse se tenait d'ailleurs tranquille. Si tranquille même que Louise suggéra à Jonas de peindre une *Ouvrière*. « Bonne idée », dit Jonas. Il essaya, gâcha deux toiles, puis revint à un ciel commencé. Le lendemain, il se promena longuement dans l'appartement et réfléchit au lieu de peindre. Un disciple, tout échauffé, vint lui montrer un long article, qu'il n'aurait pas lu autrement, où il apprit que sa peinture était en même temps surfaite et périmée ; le marchand lui

téléphona pour lui dire encore son inquiétude devant la courbe des ventes. Il continuait
pourtant de rêver et de réfléchir. Il dit au disciple qu'il y avait du vrai dans l'article, mais
que lui, Jonas, pouvait compter encore sur
beaucoup d'années de travail. Au marchand,
il répondit qu'il comprenait son inquiétude,
mais qu'il ne la partageait pas. Il avait une
grande œuvre, vraiment nouvelle, à faire ;
tout allait recommencer. En parlant, il sentit
qu'il disait vrai et que son étoile était là. Il suffisait d'une bonne organisation.

Les jours qui suivirent, il tenta de travailler
dans le couloir, le surlendemain dans la salle
de douches, à l'électricité, le jour d'après dans
la cuisine. Mais, pour la première fois, il était
gêné par les gens qu'il rencontrait partout,
ceux qu'il connaissait à peine et les siens, qu'il
aimait. Pendant quelque temps, il s'arrêta de
travailler et réfléchit. Il aurait peint sur le
motif si la saison s'y était prêtée. Malheureusement, on allait entrer dans l'hiver, il était
difficile de faire du paysage avant le printemps.
Il essaya cependant, et renonça : le froid péné-
trait jusqu'à son cœur. Il vécut plusieurs jours
avec ses toiles, assis près d'elles le plus souvent, ou bien planté devant la fenêtre ; il ne
peignait plus. Il prit alors l'habitude de sortir

le matin. Il se donnait le projet de croquer un détail, un arbre, une maison de guingois, un profil saisi au passage. Au bout de la journée, il n'avait rien fait. La moindre tentation, les journaux, une rencontre, des vitrines, la chaleur d'un café, le fixait au contraire. Chaque soir, il fournissait sans trêve en bonnes excuses une mauvaise conscience qui ne le quittait pas. Il allait peindre, c'était sûr, et mieux peindre, après cette période de vide apparent. Ça travaillait au-dedans, voilà tout, l'étoile sortirait lavée à neuf, étincelante, de ces brouillards obscurs. En attendant, il ne quittait plus les cafés. Il avait découvert que l'alcool lui donnait la même exaltation que les journées de grand travail, au temps où il pensait à son tableau avec cette tendresse et cette chaleur qu'il n'avait jamais ressenties que devant ses enfants. Au deuxième cognac, il retrouvait en lui cette émotion poignante qui le faisait à la fois maître et serviteur du monde. Simplement, il en jouissait dans le vide, les mains oisives, sans la faire passer dans une œuvre. Mais c'était là ce qui se rapprochait le plus de la joie pour laquelle il vivait et il passait maintenant de longues heures, assis, rêvant, dans des lieux enfumés et bruyants.

Il fuyait pourtant les endroits et les quartiers fréquentés par les artistes. Quand il rencontrait une connaissance qui lui parlait de sa peinture, une panique le prenait. Il voulait fuir, cela se voyait, il fuyait alors. Il savait ce qu'on disait derrière lui : « Il se prend pour Rembrandt », et son malaise grandissait. Il ne souriait plus, en tout cas, et ses anciens amis en tiraient une conclusion singulière, mais inévitable : « S'il ne sourit plus, c'est qu'il est très content de lui. » Sachant cela, il devenait de plus en plus fuyant et ombrageux. Il lui suffisait, entrant dans un café, d'avoir le sentiment d'être reconnu par une personne de l'assistance pour que tout s'obscurcît en lui. Une seconde, il restait planté là, plein d'impuissance et d'un étrange chagrin, le visage fermé sur son trouble, et aussi sur un avide et subit besoin d'amitié. Il pensait au bon regard de Rateau et il sortait brusquement. « Tu parles d'une gueule ! » dit un jour quelqu'un, tout près de lui, au moment où il disparaissait.

Il ne fréquentait plus que les quartiers excentriques où personne ne le connaissait. Là, il pouvait parler, sourire, sa bienveillance revenait, on ne lui demandait rien. Il se fit quelques amis peu exigeants. Il aimait particulièrement la compagnie de l'un d'eux, qui le servait dans un buffet de gare où il allait souvent. Ce garçon lui avait demandé « ce qu'il faisait dans la vie ». « Peintre, avait répondu Jonas. — Artiste peintre ou peintre en bâtiment ? — Artiste. — Eh bien ! avait dit l'autre, c'est difficile. » Et ils n'avaient plus abordé la question. Oui, c'était difficile, mais Jonas allait s'en tirer, dès qu'il aurait trouvé comment organiser son travail.

Au hasard des jours et des verres, il fit d'autres rencontres, des femmes l'aidèrent. Il pouvait leur parler, avant ou après l'amour, et surtout se vanter un peu, elles le comprenaient même si elles n'étaient pas convaincues. Parfois, il lui semblait que son ancienne force revenait. Un jour où il avait été encouragé par une de ses amies, il se décida. Il revint chez lui, essaya de travailler à nouveau dans la chambre, la couturière étant absente. Mais au bout d'une heure, il rangea sa toile, sourit à Louise sans la voir et sortit. Il but le jour entier et passa la nuit chez son amie, sans être d'ailleurs en état de la désirer. Au matin, la douleur vivante, et son visage détruit, le reçut en la personne de Louise. Elle voulut savoir s'il avait pris cette femme. Jonas dit qu'il ne l'avait pas fait, étant ivre, mais qu'il en avait pris d'autres auparavant. Et pour la première fois, le cœur déchiré, il vit à Louise ce visage de noyée que donnent la surprise et l'excès de la douleur. Il découvrit alors qu'il n'avait pas pensé à elle pendant tout ce temps et il en eut honte. Il lui demanda pardon, c'était fini, demain tout recommencerait comme auparavant. Louise ne pouvait parler et se détourna pour cacher ses larmes.

Le jour d'après, Jonas sortit très tôt. Il pleuvait. Quand il rentra, mouillé comme un champignon, il était chargé de planches. Chez lui, deux vieux amis, venus aux nouvelles, prenaient du café dans la grande pièce. « Jonas change de manières. Il va peindre sur bois ! » dirent-ils. Jonas souriait : « Ce n'est pas cela. Mais je commence quelque chose de nouveau. » Il gagna le petit couloir qui desservait la salle de douches, les toilettes et la cuisine. Dans l'angle droit que faisaient les deux couloirs, il s'arrêta et considéra longuement les hauts murs qui s'élevaient jusqu'au plafond obscur. Il fallait un escabeau qu'il descendit chercher chez le concierge.

Quand il remonta, il y avait quelques personnes de plus chez lui et il dut lutter contre l'affection de ses visiteurs, ravis de le retrouver, et les questions de sa famille, pour parvenir au bout du couloir. Sa femme sortait à ce

moment de la cuisine. Jonas, posant son escabeau, la serra très fort contre lui. Louise le
regardait : « Je t'en prie, dit-elle, ne recom-
mence pas. — Non, non, dit Jonas. Je vais
peindre. Il faut que je peigne. » Mais il semblait se parler à lui-même, son regard était
ailleurs. Il se mit au travail. À mi-hauteur des
murs, il construisit un plancher pour obtenir
une sorte de soupente étroite, quoique haute
et profonde. À la fin de l'après-midi, tout était
terminé. En s'aidant de l'escabeau, Jonas se
pendit alors au plancher de la soupente et,
pour éprouver la solidité de son travail, effec-
tua quelques tractions. Puis, il se mêla aux
autres, et chacun se réjouit de le trouver à
nouveau si affectueux. Le soir, quand la maison fut relativement vide, Jonas prit une
lampe à pétrole, une chaise, un tabouret et un
cadre. Il monta le tout dans la soupente, sous
le regard intrigué des trois femmes et des
enfants. « Voilà, dit-il du haut de son perchoir.
Je travaillerai sans déranger personne. » Louise
demanda s'il en était sûr. « Mais oui, dit-il, il
faut peu de place. Je serai plus libre. Il y a eu
de grands peintres qui peignaient à la chan-
delle, et... — Le plancher est-il assez solide ? »
Il l'était. « Sois tranquille, dit Jonas, c'est une
très bonne solution. » Et il redescendit.

Le lendemain, à la première heure, il grimpa dans la soupente, s'assit, posa le cadre sur le tabouret, debout contre le mur, et attendit sans allumer la lampe. Les seuls bruits qu'il entendait directement venaient de la cuisine ou des toilettes. Les autres rumeurs semblaient lointaines et les visites, les sonneries de l'entrée ou du téléphone, les allées et venues, les conversations, lui parvenaient étouffées à moitié, comme si elles arrivaient de la rue ou de l'autre cour. De plus, alors que tout l'appartement regorgeait d'une lumière crue, l'ombre était ici reposante. De temps en temps, un ami venait et se campait sous la soupente. « Que fais-tu là, Jonas ? — Je travaille. — Sans lumière ? — Oui, pour le moment. » Il ne peignait pas, mais il réfléchissait. Dans l'ombre et ce demi-silence qui, par comparaison avec ce qu'il avait vécu jusque-là, lui paraissait celui du désert ou de la tombe, il écoutait son propre cœur. Les bruits qui arrivaient jusqu'à la soupente semblaient désormais ne plus le concerner, tout en s'adressant à lui. Il était comme ces hommes qui meurent seuls, chez eux, en plein sommeil, et, le matin venu, les appels téléphoniques retentissent, fiévreux et insistants, dans la maison déserte, au-dessus d'un corps à jamais sourd. Mais lui vivait, il écoutait en lui-même ce silence, il attendait son étoile, encore cachée, mais qui se préparait à monter de nouveau, à surgir enfin, inaltérable, au-dessus du désordre de ces jours vides. « Brille, brille, disait-il. Ne me prive pas de ta lumière. » Elle allait briller de nouveau, il en était sûr. Mais il fallait qu'il réfléchît encore plus longtemps, puisque la chance lui était enfin donnée d'être seul sans se séparer des siens. Il fallait qu'il découvre ce qu'il n'avait pas encore compris clairement, bien qu'il l'eût toujours su, et qu'il eût toujours peint comme s'il le savait. Il devait se saisir enfin de ce secret qui n'était pas seulement celui de l'art, il le voyait bien. C'est pourquoi il n'allumait pas la lampe.

Chaque jour, maintenant, Jonas remontait dans sa soupente. Les visiteurs se firent plus rares, Louise, préoccupée, se prêtant peu à la conversation. Jonas descendait pour les repas et remontait dans le perchoir. Il restait immobile, dans l'obscurité, la journée entière. La nuit, il rejoignait sa femme déjà couchée. Au bout de quelques jours, il pria Louise de lui passer son déjeuner, ce qu'elle fit avec un soin qui attendrit Jonas. Pour ne pas la déranger en d'autres occasions, il lui suggéra de faire quelques provisions qu'il entreposerait dans la soupente. Peu à peu, il ne redescendit plus de la journée. Mais il touchait à peine à ses provisions.

Un soir, il appela Louise et demanda quelques couvertures : « Je passerai la nuit ici. » Louise le regardait, la tête penchée en arrière. Elle ouvrit la bouche, puis se tut. Elle examinait seulement Jonas avec une expression inquiète et triste ; il vit soudain à quel point elle avait vieilli, et que la fatigue de leur vie avait mordu profondément sur elle aussi. Il pensa alors qu'il ne l'avait jamais vraiment aidée. Mais avant qu'il pût parler, elle lui sourit, avec une tendresse qui serra le cœur de Jonas. « Comme tu voudras, mon chéri », dit-elle.

Désormais, il passa ses nuits dans la soupente dont il ne redescendait presque plus. Du coup, la maison se vida de ses visiteurs puisqu'on ne pouvait plus voir Jonas ni dans la journée ni le soir. À certains, on disait qu'il était à la campagne, à d'autres, quand on était las de mentir, qu'il avait trouvé un atelier. Seul, Rateau venait fidèlement. Il grimpait sur l'escabeau, sa bonne grosse tête dépassait le niveau du plancher : « Ça va ? disait-il. — Le mieux du monde. — Tu travailles ? — C'est

tout comme. — Mais tu n'as pas de toile !
— Je travaille quand même. » Il était difficile
de prolonger ce dialogue de l'escabeau et de
la soupente. Rateau hochait la tête, redescendait, aidait Louise en réparant les plombs
ou une serrure, puis, sans monter sur l'escabeau, venait dire au revoir à Jonas qui répondait dans l'ombre : « Salut, vieux frère. » Un
soir, Jonas ajouta un merci à son salut.
« Pourquoi merci ? — Parce que tu m'aimes.
— Grande nouvelle ! » dit Rateau et il partit.

Un autre soir, Jonas appela Rateau qui
accourut. La lampe était allumée pour la première fois. Jonas se penchait, avec une expression anxieuse, hors de la soupente. « Passe-
moi une toile, dit-il. — Mais qu'est-ce que tu
as ? Tu as maigri, tu as l'air d'un fantôme.
— J'ai à peine mangé depuis plusieurs jours.
Ce n'est rien, il faut que je travaille. — Mange
d'abord. — Non, je n'ai pas faim. » Rateau
apporta une toile. Au moment de disparaître
dans la soupente, Jonas lui demanda : « Comment sont-ils ? — Qui ? — Louise et les enfants. — Ils vont bien. Ils iraient mieux si tu
étais avec eux. — Je ne les quitte pas. Dis-leur
surtout que je ne les quitte pas. » Et il disparut. Rateau vint dire son inquiétude à Louise.
Celle-ci avoua qu'elle se tourmentait elle-même

depuis plusieurs jours. « Comment faire ? Ah !
si je pouvais travailler à sa place ! » Elle faisait
face à Rateau, malheureuse. « Je ne peux vivre
sans lui », dit-elle. Elle avait de nouveau son
visage de jeune fille qui surprit Rateau. Il
s'aperçut alors qu'elle avait rougi.

La lampe resta allumée toute la nuit et
toute la matinée du lendemain. À ceux qui
venaient, Rateau ou Louise, Jonas répondait
seulement : « Laisse, je travaille. » À midi, il
demanda du pétrole. La lampe, qui charbon-
nait, brilla de nouveau d'un vif éclat jusqu'au
soir. Rateau resta pour dîner avec Louise et
les enfants. À minuit, il salua Jonas. Devant
la soupente toujours éclairée, il attendit un
moment, puis partit sans rien dire. Au matin
du deuxième jour, quand Louise se leva, la
lampe était encore allumée.

Une belle journée commençait, mais Jonas
ne s'en apercevait pas. Il avait retourné la toile
contre le mur. Épuisé, il attendait, assis, les
mains offertes sur ses genoux. Il se disait que
maintenant il ne travaillerait plus jamais, il
était heureux. Il entendait les grognements de
ses enfants, des bruits d'eau, les tintements
de la vaisselle. Louise parlait. Les grandes
vitres vibraient au passage d'un camion sur le
boulevard. Le monde était encore là, jeune,

adorable : Jonas écoutait la belle rumeur que font les hommes. De si loin, elle ne contrariait pas cette force joyeuse en lui, son art, ces pensées qu'il ne pouvait pas dire, à jamais silencieuses, mais qui le mettaient au-dessus de toutes choses, dans un air libre et vif. Les enfants couraient à travers les pièces, la fillette riait, Louise aussi maintenant, dont il n'avait pas entendu le rire depuis longtemps. Il les aimait ! Comme il les aimait ! Il éteignit la lampe et, dans l'obscurité revenue, là, n'était-ce pas son étoile qui brillait toujours ? C'était elle, il la reconnaissait, le cœur plein de gratitude, et il la regardait encore lorsqu'il tomba, sans bruit.

« Ce n'est rien, déclarait un peu plus tard le médecin qu'on avait appelé. Il travaille trop. Dans une semaine, il sera debout. — Il guérira, vous en êtes sûr ? disait Louise, le visage défait. — Il guérira. » Dans l'autre pièce, Rateau regardait la toile, entièrement blanche, au centre de laquelle Jonas avait seulement écrit, en très petits caractères, un mot qu'on pouvait déchiffrer, mais dont on ne savait s'il fallait y lire *solitaire* ou *solidaire*.

La pierre qui pousse

La voiture vira lourdement sur la piste de latérite, maintenant boueuse. Les phares découpèrent soudain dans la nuit, d'un côté de la route, puis de l'autre, deux baraques de bois couvertes de tôle. Près de la deuxième, sur la droite, on distinguait, dans le léger brouillard, une tour bâtie de poutres grossières. Du sommet de la tour partait un câble métallique, invisible à son point d'attache, mais qui scintillait à mesure qu'il descendait dans la lumière des phares pour disparaître derrière le talus qui coupait la route. La voiture ralentit et s'arrêta à quelques mètres des baraques.

L'homme qui en sortit, à la droite du chauffeur, peina pour s'extirper de la portière. Une fois debout, il vacilla un peu sur son large corps de colosse. Dans la zone d'ombre, près de la voiture, affaissé par la fatigue, planté lourdement sur la terre, il semblait écouter le ralenti du moteur. Puis il marcha dans la direction du talus et entra dans le cône de lumière des phares. Il s'arrêta au sommet de la pente, son dos énorme dessiné sur la nuit. Au bout d'un instant, il se retourna. La face noire du chauffeur luisait au-dessus du tableau de bord et souriait. L'homme fit un signe ; le chauffeur coupa le contact. Aussitôt, un grand silence frais tomba sur la piste et sur la forêt. On entendit alors le bruit des eaux.

L'homme regardait le fleuve, en contrebas, signalé seulement par un large mouvement d'obscurité, piqué d'écailles brillantes. Une nuit plus dense et figée, loin, de l'autre côté, devait être la rive. En regardant bien, cependant, on apercevait sur cette rive immobile une flamme jaunâtre, comme un quinquet dans le lointain. Le colosse se retourna vers la voiture et hocha la tête. Le chauffeur éteignit ses phares, les alluma, puis les fit clignoter régulièrement. Sur le talus, l'homme apparaissait, disparaissait, plus grand et plus massif à chaque résurrection. Soudain, de l'autre côté du fleuve, au bout d'un bras invisible, une lanterne s'éleva plusieurs fois dans l'air. Sur un dernier signe du guetteur, le chauffeur éteignit définitivement ses phares. La voiture et l'homme disparurent dans la

nuit. Les phares éteints, le fleuve était presque visible ou, du moins, quelques-uns de ses
longs muscles liquides qui brillaient par inter-
valles. De chaque côté de la route, les masses
sombres de la forêt se dessinaient sur le ciel
et semblaient toutes proches. La petite pluie
qui avait détrempé la piste, une heure auparavant, flottait encore dans l'air tiède, alour-
dissait le silence et l'immobilité de cette
grande clairière au milieu de la forêt vierge.
Dans le ciel noir tremblaient des étoiles em-
buées.

Mais de l'autre rive montèrent des bruits de
chaînes, et des clapotis étouffés. Au-dessus de
la baraque, à droite de l'homme qui attendait
toujours, le câble se tendit. Un grincement
sourd commença de le parcourir, en même
temps que s'élevait du fleuve un bruit, à la fois
vaste et faible, d'eaux labourées. Le grincement s'égalisa, le bruit d'eau s'élargit encore,
puis se précisa, en même temps que la lanterne grossissait. On distinguait nettement, à
présent, le halo jaunâtre qui l'entourait. Le
halo se dilata peu à peu et de nouveau se
rétrécit, tandis que la lanterne brillait à travers
la brume et commençait d'éclairer, au-dessus
et autour d'elle, une sorte de toit carré en palmes sèches, soutenu aux quatre coins par de

gros bambous. Ce grossier appentis, autour duquel s'agitaient des ombres confuses, avançait avec lenteur vers la rive. Lorsqu'il fut à peu près au milieu du fleuve, on aperçut distinctement, découpés dans la lumière jaune, trois petits hommes au torse nu, presque noirs, coiffés de chapeaux coniques. Ils se tenaient immobiles sur leurs jambes légèrement écartées, le corps un peu penché pour compenser la puissante dérive du fleuve soufflant de toutes ses eaux invisibles sur le flanc d'un grand radeau grossier qui, le dernier, sortit de la nuit et des eaux. Quand le bac se fut encore rapproché, l'homme distingua derrière l'appentis, du côté de l'aval, deux grands nègres coiffés, eux aussi, de larges chapeaux de paille et vêtus seulement d'un pantalon de toile bise. Côte à côte, ils pesaient de tous leurs muscles sur des perches qui s'enfonçaient lentement dans le fleuve, vers l'arrière du radeau, pendant que les nègres, du même mouvement ralenti, s'inclinaient au-dessus des eaux jusqu'à la limite de l'équilibre. À l'avant, les trois mulâtres, immobiles, silencieux, regardaient venir la rive sans lever les yeux vers celui qui les attendait.

Le bac cogna soudain contre l'extrémité d'un embarcadère qui avançait dans l'eau et que la lanterne, qui oscillait sous le choc, venait seulement de révéler. Les grands nègres s'immobilisèrent, les mains au-dessus de leur tête, agrippées à l'extrémité des perches à peine enfoncées, mais les muscles tendus et parcourus d'un frémissement continu qui semblait venir de l'eau elle-même et de sa pesée. Les autres passeurs lancèrent des chaînes autour des poteaux de l'embarcadère, sautèrent sur les planches, et rabattirent une sorte de pont-levis grossier qui recouvrit d'un plan incliné l'avant du radeau.

L'homme revint vers la voiture et s'y installa pendant que le chauffeur mettait son moteur en marche. La voiture aborda lentement le talus, pointa son capot vers le ciel, puis le rabattit vers le fleuve et entama la pente. Les freins serrés, elle roulait, glissait un peu sur la boue, s'arrêtait, repartait. Elle s'engagea sur l'embarcadère dans un bruit de planches rebondissantes, atteignit l'extrémité où les mulâtres, toujours silencieux, s'étaient rangés de chaque côté, et plongea doucement vers le radeau. Celui-ci piqua du nez dans l'eau dès que les roues avant l'atteignirent et remonta presque aussitôt pour recevoir le poids entier de la voiture. Puis le chauffeur laissa courir sa machine jusqu'à l'arrière, devant le toit carré où pendait la lanterne. Aussitôt, les mulâtres replièrent le plan incliné sur l'embarcadère et sautèrent d'un seul mouvement sur le bac, le décollant en même temps de la rive boueuse. Le fleuve s'arc-bouta sous le radeau et le souleva sur la surface des eaux où il dériva lentement au bout de la longue tringle qui courait maintenant dans le ciel, le long du câble. Les grands Noirs détendirent alors leur effort et ramenèrent les perches. L'homme et le chauffeur sortirent de la voiture et vinrent s'immobiliser sur le bord du radeau, face à l'amont. Personne n'avait parlé pendant la manœuvre et, maintenant encore, chacun se tenait à sa place, immobile et silencieux, excepté un des grands nègres qui roulait une cigarette dans du papier grossier.

L'homme regardait la trouée par où le fleuve surgissait de la grande forêt brésilienne et descendait vers eux. Large à cet endroit de plusieurs centaines de mètres, il pressait des eaux troubles et soyeuses sur le flanc du bac puis, libéré aux deux extrémités, le débordait et s'étalait à nouveau en un seul flot puissant qui coulait doucement, à travers la forêt obscure, vers la mer et la nuit. Une odeur fade, venue de l'eau ou du ciel spongieux, flottait. On entendait maintenant le clapotis des eaux lourdes sous le bac et, venus des deux rives, l'appel espacé des crapauds-buffles ou d'étranges cris d'oiseaux. Le colosse se rapprocha du chauffeur. Celui-ci, petit et maigre, appuyé contre un des piliers de bambou, avait enfoncé ses poings dans les poches d'une combinaison autrefois bleue, maintenant couverte de la poussière rouge qu'ils avaient remâchée pendant toute la journée. Un sourire épanoui sur son visage tout plissé malgré sa jeunesse, il regardait sans les voir les étoiles exténuées qui nageaient encore dans le ciel humide.

Mais les cris d'oiseaux se firent plus nets, des jacassement inconnus s'y mêlèrent et, presque aussitôt, le câble se mit à grincer. Les grands Noirs enfoncèrent leurs perches et tâtonnèrent, avec des gestes d'aveugles, à la recherche du fond. L'homme se retourna vers la rive qu'ils venaient de quitter. Elle était à son tour recouverte par la nuit et les eaux, immense et farouche comme le continent d'arbres qui s'étendait au-delà sur des milliers de kilomètres. Entre l'océan tout proche et cette mer végétale, la poignée d'hommes qui dérivait à cette heure sur un fleuve sauvage semblait maintenant perdue. Quand le radeau heurta le nouvel embarcadère, ce fut comme si, toutes amarres rompues, ils abordaient une île dans les ténèbres, après des jours de navigation effrayée.

À terre, on entendit enfin la voix des hommes. Le chauffeur venait de les payer et, d'une voix étrangement gaie dans la nuit lourde, ils saluaient en portugais la voiture qui se remettait en marche.

— Ils ont dit soixante, les kilomètres d'Iguape. Trois heures tu roules et c'est fini. Socrate est content, annonça le chauffeur.

L'homme rit, d'un bon rire, massif et chaleureux, qui lui ressemblait.

— Moi aussi, Socrate, je suis content. La piste est dure.

— Trop lourd, monsieur d'Arrast, tu es trop lourd, et le chauffeur riait aussi sans pouvoir s'arrêter.

La voiture avait pris un peu de vitesse. Elle roulait entre de hauts murs d'arbres et de végétation inextricable, au milieu d'une odeur molle et sucrée. Des vols entrecroisés de mouches lumineuses traversaient sans cesse l'obscurité de la forêt et, de loin en loin, des oiseaux aux yeux rouges venaient battre pendant une seconde le pare-brise. Parfois, un feulement étrange leur parvenait des profondeurs de la nuit et le chauffeur regardait son voisin en roulant comiquement les yeux.

La route tournait et retournait, franchissait de petites rivières sur des ponts de planches bringuebalantes. Au bout d'une heure, la brume commença de s'épaissir. Une petite pluie fine, qui dissolvait la lumière des phares, se mit à tomber. D'Arrast, malgré les secousses, dormait à moitié. Il ne roulait plus dans la forêt humide, mais à nouveau sur les routes de la Serra qu'ils avaient prises le matin, au sortir de São Paulo. Sans arrêt, de ces pistes de terre s'élevait la poussière rouge dont ils avaient encore le goût dans la bouche et qui, de chaque côté, aussi loin que portait la vue, recouvrait la végétation rare de la steppe. Le soleil lourd, les montagnes pâles et ravinées, les zébus faméliques rencontrés sur les routes avec, pour seule escorte, un vol fatigué d'urubus dépenaillés, la longue, longue navigation à travers un désert rouge... Il sursauta. La voiture s'était arrêtée. Ils étaient maintenant au Japon : des maisons à la décoration fragile de chaque côté de la route et, dans les maisons, des kimonos furtifs. Le chauffeur parlait à un Japonais, vêtu d'une combinaison sale, coiffé d'un chapeau de paille brésilien. Puis la voiture démarra.

— Il a dit quarante kilomètres seulement.

— Où étions-nous ? À Tokyo ?

— Non, Registro. Chez nous tous les Japonais viennent là.

— Pourquoi ?

— On ne sait pas. Ils sont jaunes, tu sais, monsieur d'Arrast.

Mais la forêt s'éclaircissait un peu, la route devenait plus facile, quoique glissante. La voiture patinait sur du sable. Par la portière, entrait un souffle humide, tiède, un peu aigre.

— Tu sens, dit le chauffeur avec gourmandise, c'est la bonne mer. Bientôt Iguape.

— Si nous avons assez d'essence, dit d'Arrast.

Et il se rendormit paisiblement.

Au petit matin, d'Arrast, assis dans son lit, regardait avec étonnement la salle où il venait de se réveiller. Les grands murs, jusqu'à mi-hauteur, étaient fraîchement badigeonnés de chaux brune. Plus haut, ils avaient été peints en blanc à une époque lointaine et des lambeaux de croûtes jaunâtres les recouvraient jusqu'au plafond. Deux rangées de six lits se faisaient face. D'Arrast ne voyait qu'un lit défait à l'extrémité de sa rangée, et ce lit était vide. Mais il entendit du bruit à sa gauche et se retourna vers la porte où Socrate, une bouteille d'eau minérale dans chaque main, se

tenait en riant. « Heureux souvenir ! » disait-il.
D'Arrast se secoua. Oui, l'hôpital où le maire
les avait logés la veille s'appelait « Heureux
souvenir ». « Sûr souvenir, continuait Socrate.
Ils m'ont dit d'abord construire l'hôpital, plus
tard construire l'eau. En attendant, heureux
souvenir, tiens l'eau piquante pour te laver. »
Il disparut, riant et chantant, nullement épuisé,
en apparence, par les éternuements cataclys-
miques qui l'avaient secoué toute la nuit et
avaient empêché d'Arrast de fermer l'œil.

Maintenant, d'Arrast était tout à fait réveillé. À travers les fenêtres grillagées, en face
de lui, il apercevait une petite cour de terre
rouge, détrempée par la pluie qu'on voyait
couler sans bruit sur un bouquet de grands
aloès. Une femme passait, portant à bout de
bras un foulard jaune déployé au-dessus de sa
tête. D'Arrast se recoucha, puis se redressa
aussitôt et sortit du lit qui plia et gémit sous
son poids. Socrate entrait au même moment :
« À toi, monsieur d'Arrast. Le maire attend
dehors. » Mais devant l'air de d'Arrast : « Reste
tranquille, lui jamais pressé. »

Rasé à l'eau minérale, d'Arrast sortit sous
le porche du pavillon. Le maire qui avait la
taille et, sous ses lunettes cerclées d'or, la mine
d'une belette aimable, semblait absorbé dans

une contemplation morne de la pluie. Mais un ravissant sourire le transfigura dès qu'il aperçut d'Arrast. Il raidit sa petite taille, se précipita et tenta d'entourer de ses bras le torse de « M. l'Ingénieur ». Au même moment, une voiture freina devant eux, de l'autre côté du petit mur de la cour, dérapa dans la glaise mouillée, et s'arrêta de guingois. « Le juge ! » dit le maire. Le juge, comme le maire, était habillé de bleu marine. Mais il était beaucoup plus jeune ou, du moins, le paraissait à cause de sa taille élégante et de son frais visage d'adolescent étonné. Il traversait maintenant la cour, dans leur direction, en évitant les flaques d'eau avec beaucoup de grâce. À quelques pas de d'Arrast, il tendait déjà les bras et lui souhaitait la bienvenue. Il était fier d'accueillir M. l'Ingénieur, c'était un honneur que ce dernier faisait à leur pauvre ville, il se réjouissait du service inestimable que M. l'Ingénieur allait rendre à Iguape par la construction de cette petite digue qui éviterait l'inondation périodique des bas quartiers. Commander aux eaux, dompter les fleuves, ah ! le grand métier, et sûrement les pauvres gens d'Iguape retiendraient le nom de M. l'Ingénieur et dans beaucoup d'années encore le prononceraient dans leurs prières. D'Arrast, vaincu par tant de charme et d'éloquence, remercia et n'osa plus se demander ce qu'un juge pouvait avoir à faire avec une digue. Au reste, il fallait, selon le maire, se rendre au club où les notables désiraient recevoir dignement M. l'Ingénieur avant d'aller visiter les bas quartiers. Qui étaient les notables ?

— Eh bien ! dit le maire, moi-même, en tant que maire, M. Carvalho, ici présent, le capitaine du port, et quelques autres moins importants. D'ailleurs, vous n'aurez pas à vous en occuper, ils ne parlent pas français.

D'Arrast appela Socrate et lui dit qu'il le retrouverait à la fin de la matinée.

— Bien oui, dit Socrate. J'irai au jardin de la Fontaine.

— Au Jardin !

— Oui, tout le monde connaît. Sois pas peur, monsieur d'Arrast.

L'hôpital, d'Arrast s'en aperçut en sortant, était construit en bordure de la forêt, dont les frondaisons massives surplombaient presque les toits. Sur toute la surface des arbres tombait maintenant un voile d'eau fine que la forêt épaisse absorbait sans bruit, comme une énorme éponge. La ville, une centaine de maisons à peu près, couvertes de tuiles aux couleurs éteintes, s'étendait entre la forêt et le fleuve, dont le souffle lointain parvenait jusqu'à l'hôpital. La voiture s'engagea d'abord dans des rues détrempées et déboucha presque aussitôt sur une place rectangulaire, assez vaste, qui gardait dans son argile rouge, entre de nombreuses flaques, des traces de pneus, de roues ferrées et de sabots. Tout autour, les maisons basses, couvertes de crépi multicolore, fermaient la place derrière laquelle on apercevait les deux tours rondes d'une église bleue et blanche, de style colonial. Sur ce décor nu flottait, venant de l'estuaire, une odeur de sel. Au milieu de la place erraient quelques silhouettes mouillées. Le long des maisons, une foule bigarrée de gauchos, de Japonais, d'Indiens métis et de notables élégants, dont les complets sombres paraissaient ici exotiques, circulaient à petits pas, avec des gestes lents. Ils se garaient sans hâte, pour faire place à la voiture, puis s'arrêtaient et la suivaient du regard. Lorsque la voiture stoppa devant une des maisons de la place, un cercle de gauchos humides se forma silencieusement autour d'elle.

Au club, une sorte de petit bar au premier étage, meublé d'un comptoir de bambous et de guéridons en tôle, les notables étaient nombreux. On but de l'alcool de canne en

l'honneur de d'Arrast, après que le maire,
verre en main, lui eut souhaité la bienvenue
et tout le bonheur du monde. Mais pendant
que d'Arrast buvait, près de la fenêtre, un
grand escogriffe, en culotte de cheval et leg-
gins, vint lui tenir, en chancelant un peu, un
discours rapide et obscur où l'ingénieur reconnut seulement le mot « passeport ». Il
hésita, puis sortit le document dont l'autre
s'empara avec voracité. Après avoir feuilleté
le passeport, l'escogriffe afficha une mauvaise
humeur évidente. Il reprit son discours, se-
couant le carnet sous le nez de l'ingénieur
qui, sans s'émouvoir, contemplait le furieux.
À ce moment, le juge, souriant, vint demander
de quoi il était question. L'ivrogne examina
un moment la frêle créature qui se permettait
de l'interrompre puis, chancelant de façon
plus dangereuse, secoua encore le passeport
devant les yeux de son nouvel interlocuteur.
D'Arrast, paisiblement, s'assit près d'un gué-
ridon et attendit. Le dialogue devint très vif,
et soudain le juge étrenna une voix fracas-
sante qu'on ne lui aurait pas soupçonnée.
Sans que rien l'eût fait prévoir, l'escogriffe
battit soudain en retraite avec l'air d'un enfant
pris en faute. Sur une dernière injonction du
juge, il se dirigea vers la porte, de la démarche
oblique du cancre puni, et disparut.

Le juge vint aussitôt expliquer à d'Arrast, d'une voix redevenue harmonieuse, que ce grossier personnage était le chef de la police, qu'il osait prétendre que le passeport n'était pas en règle et qu'il serait puni de son incartade. M. Carvalho s'adressa ensuite aux notables, qui faisaient cercle, et sembla les interroger. Après une courte discussion, le juge exprima des excuses solennelles à d'Arrast, lui demanda d'admettre que seule l'ivresse pouvait expliquer un tel oubli des sentiments de respect et de reconnaissance que lui devait la ville d'Iguape tout entière et, pour finir, lui demanda de bien vouloir décider lui-même de la punition qu'il convenait d'infliger à ce personnage calamiteux. D'Arrast dit qu'il ne voulait pas de punition, que c'était un incident sans importance et qu'il était surtout pressé d'aller au fleuve. Le maire prit alors la parole pour affirmer avec beaucoup d'affectueuse bonhomie qu'une punition, vraiment, était indispensable, que le coupable resterait aux arrêts et qu'ils attendraient tous ensemble que leur éminent visiteur voulût bien décider de son sort. Aucune protestation ne put fléchir cette rigueur souriante et d'Arrast dut promettre qu'il réfléchirait. On décida ensuite de visiter les bas quartiers.

Le fleuve étalait déjà largement ses eaux jaunies sur les rives basses et glissantes. Ils avaient laissé derrière eux les dernières maisons d'Iguape et ils se trouvaient entre le fleuve et un haut talus escarpé où s'accrochaient des cases de torchis et de branchages. Devant eux, à l'extrémité du remblai, la forêt recommençait, sans transition, comme sur l'autre rive. Mais la trouée des eaux s'élargissait rapidement entre les arbres jusqu'à une ligne indistincte, un peu plus grise que jaune, qui était la mer. D'Arrast, sans rien dire, marcha vers le talus au flanc duquel les niveaux différents des crues avaient laissé des traces encore fraîches. Un sentier boueux remontait vers les cases. Devant ces dernières, des Noirs se dressaient, silencieux, regardant les nouveaux venus. Quelques couples se tenaient par la main et, tout au bord du remblai, devant les adultes, une rangée de tendres négrillons, au ventre ballonné et aux cuisses grêles, écarquillaient des yeux ronds.

Parvenu devant les cases, d'Arrast appela d'un geste le commandant du port. Celui-ci était un gros Noir rieur vêtu d'un uniforme blanc. D'Arrast lui demanda en espagnol s'il était possible de visiter une case. Le commandant en était sûr, il trouvait même que c'était

une bonne idée, et M. l'Ingénieur allait voir
des choses très intéressantes. Il s'adressa aux
Noirs, leur parlant longuement, en désignant
d'Arrast et le fleuve. Les autres écoutaient,
sans mot dire. Quand le commandant eut fini,
personne ne bougea. Il parla de nouveau,
d'une voix impatiente. Puis, il interpella un
des hommes, qui secoua la tête. Le commandant dit alors quelques mots brefs sur un ton
impératif. L'homme se détacha du groupe,
fit face à d'Arrast et, d'un geste, lui montra le
chemin. Mais son regard était hostile. C'était
un homme assez âgé, à la tête couverte d'une
courte laine grisonnante, le visage mince et
flétri, le corps pourtant jeune encore, avec de
dures épaules sèches et des muscles visibles
sous le pantalon de toile et la chemise déchi-
rée. Ils avancèrent, suivis du commandant et
de la foule des Noirs, et grimpèrent sur un
nouveau talus, plus déclive, où les cases de
terre, de fer-blanc et de roseaux s'accrochaient
si difficilement au sol qu'il avait fallu consoli-
der leur base avec de grosses pierres. Ils croi-
sèrent une femme qui descendait le sentier,
glissant parfois sur ses pieds nus, portant haut
sur la tête un bidon de fer plein d'eau. Puis,
ils arrivèrent à une sorte de petite place déli-
mitée par trois cases. L'homme marcha vers

l'une d'elles et poussa une porte de bambous
dont les gonds étaient faits de lianes. Il s'effaça, sans rien dire, fixant l'ingénieur du
même regard impassible. Dans la case, d'Arrast
ne vit d'abord rien qu'un feu mourant à même
le sol, au centre exact de la pièce. Puis, il distingua dans un coin, au fond, un lit de cuivre
au sommier nu et défoncé, une table dans
l'autre coin, couverte d'une vaisselle de terre
et, entre les deux, une sorte de tréteau où
trônait un chromo représentant saint Georges.
Pour le reste, rien qu'un tas de loques, à
droite de l'entrée, et, au plafond, quelques
pagnes multicolores qui séchaient au-dessus
du feu. D'Arrast, immobile, respirait l'odeur
de fumée et de misère qui montait du sol et
le prenait à la gorge. Derrière lui, le commandant frappa dans ses mains. L'ingénieur se
retourna et, sur le seuil, à contre-jour, il vit
seulement arriver la gracieuse silhouette d'une
jeune fille noire qui lui tendait quelque
chose : il se saisit d'un verre et but l'épais
alcool de canne qu'il contenait. La jeune fille
tendit son plateau pour recevoir le verre vide
et sortit dans un mouvement si souple et si
vivant que d'Arrast eut soudain envie de la
retenir.

Mais, sorti derrière elle, il ne la reconnut

pas dans la foule des Noirs et des notables qui s'était amassée autour de la case. Il remercia le vieil homme, qui s'inclina sans un mot. Puis il partit. Le commandant, derrière lui, reprenait ses explications, demandait quand la Société française de Rio pourrait commencer les travaux et si la digue pourrait être construite avant les grandes pluies. D'Arrast ne savait pas, il n'y pensait pas en vérité. Il descendait vers le fleuve frais, sous la pluie impalpable. Il écoutait toujours ce grand bruit spacieux qu'il n'avait cessé d'entendre depuis son arrivée, et dont on ne pouvait dire s'il était fait du froissement des eaux ou des arbres. Parvenu sur la rive, il regardait au loin la ligne indécise de la mer, les milliers de kilomètres d'eaux solitaires et l'Afrique, et, au-delà, l'Europe d'où il venait.

— Commandant, dit-il, de quoi vivent ces gens que nous venons de voir ?

— Ils travaillent quand on a besoin d'eux, dit le commandant. Nous sommes pauvres.

— Ceux-là sont les plus pauvres ?

— Ils sont les plus pauvres.

Le juge qui, à ce moment-là, arrivait en glissant légèrement sur ses fins souliers dit qu'ils aimaient déjà M. l'Ingénieur qui allait leur donner du travail.

— Et vous savez, dit-il, ils dansent et ils chantent tous les jours.

Puis, sans transition, il demanda à d'Arrast s'il avait pensé à la punition.

— Quelle punition ?

— Eh bien, notre chef de police.

— Il faut le laisser.

Le juge dit que ce n'était pas possible et qu'il fallait punir. D'Arrast marchait déjà vers Iguape.

Dans le petit jardin de la Fontaine, mystérieux et doux sous la pluie fine, des grappes de fleurs étranges dévalaient le long des lianes entre les bananiers et les pandanus. Des amoncellements de pierres humides marquaient le croisement des sentiers où circulait, à cette heure, une foule bariolée. Des métis, des mulâtres, quelques gauchos y bavardaient à voix faible ou s'enfonçaient, du même pas lent, dans les allées de bambous jusqu'à l'endroit où les bosquets et les taillis devenaient plus denses, puis impénétrables. Là, sans transition, commençait la forêt.

D'Arrast cherchait Socrate au milieu de la foule quand il le reçut dans son dos.

— C'est la fête, dit Socrate en riant, et il s'appuyait sur les hautes épaules de d'Arrast pour sauter sur place.

— Quelle fête ?

— Eh ! s'étonna Socrate qui faisait face maintenant à d'Arrast, tu connais pas ? La fête du bon Jésus. Chaque année, tous viennent à la grotte avec le marteau.

Socrate montrait non pas une grotte, mais un groupe qui semblait attendre dans un coin du jardin.

— Tu vois ! Un jour, la bonne statue de Jésus, elle est arrivée de la mer, en remontant le fleuve. Des pêcheurs l'a trouvée. Que belle ! Que belle ! Alors, ils l'a lavée ici dans la grotte. Et maintenant une pierre a poussé dans la grotte. Chaque année, c'est la fête. Avec le marteau, tu casses, tu casses des morceaux pour le bonheur béni. Et puis quoi, elle pousse toujours, toujours tu casses. C'est le miracle.

Ils étaient arrivés à la grotte dont on apercevait l'entrée basse par-dessus les hommes qui attendaient. À l'intérieur, dans l'ombre piquée par des flammes tremblantes de bougies, une forme accroupie cognait en ce moment avec un marteau. L'homme, un gaucho maigre aux longues moustaches, se releva et sortit, tenant dans sa paume offerte à tous un petit morceau de schiste humide sur lequel, au bout de quelques secondes, et avant de s'éloigner, il referma la main avec précaution.

Un autre homme alors entra dans la grotte en se baissant.

D'Arrast se retourna. Autour de lui, les pèlerins attendaient, sans le regarder, impassibles sous l'eau qui descendait des arbres en voiles fins. Lui aussi attendait, devant cette grotte, sous la même brume d'eau, et il ne savait quoi. Il ne cessait d'attendre, en vérité, depuis un mois qu'il était arrivé dans ce pays. Il attendait, dans la chaleur rouge des jours humides, sous les étoiles menues de la nuit, malgré les tâches qui étaient les siennes, les digues à bâtir, les routes à ouvrir, comme si le travail qu'il était venu faire ici n'était qu'un prétexte, l'occasion d'une surprise, ou d'une rencontre qu'il n'imaginait même pas, mais qui l'aurait attendu, patiemment, au bout du monde. Il se secoua, s'éloigna sans que personne, dans le petit groupe, fît attention à lui et se dirigea vers la sortie. Il fallait retourner au fleuve et travailler.

Mais Socrate l'attendait à la porte, perdu dans une conversation volubile avec un homme petit et gros, râblé, à la peau jaune plutôt que noire. Le crâne complètement rasé de ce dernier agrandissait encore un front de belle courbure. Son large visage lisse s'ornait au contraire d'une barbe très noire, taillée en carré.

— Celui-là, champion ! dit Socrate en guise de présentation. Demain, il fait la procession.

L'homme, vêtu d'un costume marin en grosse serge, un tricot à raies bleues et blanches sous la vareuse marinière, examinait d'Arrast, attentivement, de ses yeux noirs et tranquilles. Il souriait en même temps de toutes ses dents très blanches entre les lèvres pleines et luisantes.

— Il parle l'espagnol, dit Socrate et, se tournant vers l'inconnu :

— Raconte M. d'Arrast.

Puis, il partit en dansant vers un autre groupe. L'homme cessa de sourire et regarda d'Arrast avec une franche curiosité.

— Ça t'intéresse, Capitaine ?

— Je ne suis pas capitaine, dit d'Arrast.

— Ça ne fait rien. Mais tu es seigneur. Socrate me l'a dit.

— Moi, non. Mais mon grand-père l'était. Son père aussi et tous ceux d'avant son père. Maintenant, il n'y a plus de seigneurs dans nos pays.

— Ah ! dit le Noir en riant, je comprends, tout le monde est seigneur.

— Non, ce n'est pas cela. Il n'y a ni seigneurs ni peuple.

L'autre réfléchissait, puis il se décida :

— Personne ne travaille, personne ne souffre ?

— Oui, des millions d'hommes.

— Alors, c'est le peuple.

— Comme cela oui, il y a un peuple. Mais ses maîtres sont des policiers ou des marchands.

Le visage bienveillant du mulâtre se referma. Puis il grogna :

— Humph ! Acheter et vendre, hein ! Quelle saleté ! Et avec la police, les chiens commandent.

Sans transition, il éclata de rire.

— Toi, tu ne vends pas ?

— Presque pas. Je fais des ponts, des routes.

— Bon, ça ! Moi, je suis coq sur un bateau. Si tu veux, je te ferai notre plat de haricots noirs.

— Je veux bien.

Le coq se rapprocha de d'Arrast et lui prit le bras.

— Écoute, j'aime ce que tu dis. Je vais te dire aussi. Tu aimeras peut-être.

Il l'entraîna, près de l'entrée, sur un banc de bois humide, au pied d'un bouquet de bambous.

— J'étais en mer, au large d'Iguape, sur un petit pétrolier qui fait le cabotage pour approvisionner les ports de la côte. Le feu a pris à bord. Pas par ma faute, eh ! je sais mon métier ! Non, le malheur ! Nous avons pu mettre les canots à l'eau. Dans la nuit, la mer s'est levée, elle a roulé le canot, j'ai coulé. Quand je suis remonté, j'ai heurté le canot de la tête. J'ai dérivé. La nuit était noire, les eaux sont grandes et puis je nage mal, j'avais peur. Tout d'un coup, j'ai vu une lumière au loin, j'ai reconnu le dôme de l'église du bon Jésus à Iguape. Alors, j'ai dit au bon Jésus que je porterais à la procession une pierre de cinquante kilos sur la tête s'il me sauvait. Tu ne me crois pas, mais les eaux se sont calmées et mon cœur aussi. J'ai nagé doucement, j'étais heureux, et je suis arrivé à la côte. Demain, je tiendrai ma promesse.

Il regarda d'Arrast d'un air soudain soupçonneux.

— Tu ne ris pas, hein ?

— Je ne ris pas. Il faut faire ce que l'on a promis.

L'autre lui frappa sur l'épaule.

— Maintenant, viens chez mon frère, près du fleuve. Je te cuirai des haricots.

— Non, dit d'Arrast, j'ai à faire. Ce soir, si tu veux.

— Bon. Mais cette nuit, on danse et on prie, dans la grande case. C'est la fête pour saint Georges.

D'Arrast lui demanda s'il dansait aussi. Le visage du coq se durcit tout d'un coup ; ses yeux, pour la première fois, fuyaient.

— Non, non, je ne danserai pas. Demain, il faut porter la pierre. Elle est lourde. J'irai ce soir, pour fêter le saint. Et puis je partirai tôt.

— Ça dure longtemps ?

— Toute la nuit, un peu le matin.

Il regarda d'Arrast, d'un air vaguement honteux.

— Viens à la danse. Et tu m'emmèneras après. Sinon, je resterai, je danserai, je ne pourrai peut-être pas m'empêcher.

— Tu aimes danser ?

Les yeux du coq brillèrent d'une sorte de gourmandise.

— Oh ! oui, j'aime. Et puis il y a les cigares, les saints, les femmes. On oublie tout, on n'obéit plus.

— Il y a des femmes ? Toutes les femmes de la ville ?

— De la ville, non, mais des cases.

Le coq retrouva son sourire.

— Viens. Au capitaine, j'obéis. Et tu m'aideras à tenir demain la promesse.

D'Arrast se sentit vaguement agacé. Que lui faisait cette absurde promesse ? Mais il regarda le beau visage ouvert qui lui souriait avec confiance et dont la peau noire luisait de santé et de vie.

— Je viendrai, dit-il. Maintenant, je vais t'accompagner un peu.

Sans savoir pourquoi, il revoyait en même temps la jeune fille noire lui présenter l'offrande de bienvenue.

Ils sortirent du jardin, longèrent quelques rues boueuses et parvinrent sur la place défoncée que la faible hauteur des maisons qui l'entouraient faisait paraître encore plus vaste. Sur le crépi des murs, l'humidité ruisselait maintenant, bien que la pluie n'eût pas augmenté. À travers les espaces spongieux du ciel, la rumeur du fleuve et des arbres parvenait, assourdie, jusqu'à eux. Ils marchaient d'un même pas, lourd chez d'Arrast, musclé chez le coq. De temps en temps, celui-ci levait la tête et souriait à son compagnon. Ils prirent la direction de l'église qu'on apercevait au-dessus des maisons, atteignirent l'extrémité de la place, longèrent encore des rues boueuses où flottaient maintenant des odeurs agressives de cuisine. De temps en temps, une femme, tenant une assiette ou un instrument de cuisine, montrait dans l'une des portes un visage curieux, et disparaissait aussitôt. Ils passèrent devant l'église, s'enfoncèrent dans un vieux quartier, entre les mêmes maisons basses, et débouchèrent soudain sur le bruit du fleuve invisible, derrière le quartier des cases que d'Arrast reconnut.

— Bon. Je te laisse. À ce soir, dit-il.

— Oui, devant l'église.

Mais le coq retenait en même temps la main de d'Arrast. Il hésitait. Puis il se décida :

— Et toi, n'as-tu jamais appelé, fait une promesse ?

— Si, une fois, je crois.

— Dans un naufrage ?

— Si tu veux.

Et d'Arrast dégagea sa main brusquement. Mais au moment de tourner les talons, il rencontra le regard du coq. Il hésita, puis sourit.

— Je puis te le dire, bien que ce soit sans importance. Quelqu'un allait mourir par ma faute. Il me semble que j'ai appelé.

— Tu as promis ?

— Non. J'aurais voulu promettre.

— Il y a longtemps ?

— Peu avant de venir ici.

Le coq prit sa barbe à deux mains. Ses yeux brillaient.

— Tu es un capitaine, dit-il. Ma maison est la tienne. Et puis, tu vas m'aider à tenir ma promesse, c'est comme si tu la faisais toi-même. Ça t'aidera aussi.

D'Arrast sourit :

— Je ne crois pas.

— Tu es fier, Capitaine.

— J'étais fier, maintenant je suis seul. Mais dis-moi seulement, ton bon Jésus t'a toujours répondu ?

— Toujours, non, Capitaine !

— Alors ?

Le coq éclata d'un rire frais et enfantin.

— Eh bien, dit-il, il est libre, non ?

Au club, où d'Arrast déjeunait avec les notables, le maire lui dit qu'il devait signer le livre d'or de la municipalité pour qu'un témoignage subsistât au moins du grand événement que constituait sa venue à Iguape. Le juge de son côté trouva deux ou trois nouvelles formules pour célébrer, outre les vertus et les talents de leur hôte, la simplicité qu'il mettait à représenter parmi eux le grand pays auquel il avait l'honneur d'appartenir. D'Arrast dit seulement qu'il y avait cet honneur, qui certainement en était un, selon sa conviction, et qu'il y avait aussi l'avantage pour sa société d'avoir obtenu l'adjudication de ces longs travaux. Sur quoi le juge se récria devant tant d'humilité. « À propos, dit-il, avez-vous pensé à ce que nous devons faire du chef de la police ? » D'Arrast le regarda en souriant. « J'ai trouvé. » Il considérerait comme une faveur personnelle, et une grâce très exceptionnelle, qu'on voulût bien pardonner en son nom à cet étourdi, afin que son séjour, à lui, d'Arrast, qui se réjouissait tant de connaître la belle ville d'Iguape et ses généreux habitants, pût commencer dans un climat de concorde et d'amitié. Le juge, attentif et souriant, hochait la tête. Il médita un moment la formule, en connaisseur, s'adressa ensuite aux assistants pour leur faire applaudir les magnanimes traditions de la grande nation française et, tourné de nouveau vers d'Arrast, se déclara satisfait. « Puisqu'il en est ainsi, conclut-il, nous dînerons ce soir avec le chef. » Mais d'Arrast dit qu'il était invité par des amis à la cérémonie de danse, dans les cases. « Ah, oui ! dit le juge. Je suis content que vous y alliez. Vous verrez, on ne peut s'empêcher d'aimer notre peuple. »

Le soir, d'Arrast, le coq et son frère étaient assis autour du feu éteint, au centre de la case que l'ingénieur avait déjà visitée le matin. Le frère n'avait pas paru surpris de le revoir. Il parlait à peine l'espagnol et se bornait la plupart du temps à hocher la tête. Quant au coq, il s'était intéressé aux cathédrales, puis avait longuement disserté sur la soupe aux haricots noirs. Maintenant, le jour était presque tombé et si d'Arrast voyait encore le coq et son frère, il distinguait mal, au fond de la case, les silhouettes accroupies d'une vieille femme et de la jeune fille qui, à nouveau, l'avait servi. En contrebas, on entendait le fleuve monotone.

Le coq se leva et dit : « C'est l'heure. » Ils se levèrent, mais les femmes ne bougèrent pas. Les hommes sortirent seuls. D'Arrast hésita, puis rejoignit les autres. La nuit était maintenant tombée, la pluie avait cessé. Le ciel, d'un noir pâle, semblait encore liquide. Dans son eau transparente et sombre, bas sur l'horizon, des étoiles commençaient de s'allumer. Elles s'éteignaient presque aussitôt, tombaient une à une dans le fleuve, comme si le ciel dégouttait de ses dernières lumières. L'air épais sentait l'eau et la fumée. On entendait aussi la rumeur toute proche de l'énorme forêt, pourtant immobile. Soudain, des tambours et des chants s'élevèrent dans le lointain, d'abord sourds puis distincts, qui se rapprochèrent de plus en plus et qui se turent. On vit peu après apparaître une théorie de filles noires, vêtues de robes blanches en soie grossière, à la taille très basse. Moulé dans une casaque rouge sur laquelle pendait un collier de dents multicolores, un grand Noir les suivait et, derrière lui, en désordre, une troupe d'hommes habillés de pyjamas blancs et des musiciens munis de triangles et de tambours larges et courts. Le coq dit qu'il fallait les accompagner.

La case où ils parvinrent, en suivant la rive à quelques centaines de mètres des dernières cases, était grande, vide, relativement confortable avec ses murs crépis à l'intérieur. Le sol était en terre battue, le toit de chaume et de roseaux, soutenu par un mât central, les murs nus. Sur un petit autel tapissé de palmes, au fond, et couvert de bougies qui éclairaient à peine la moitié de la salle, on apercevait un superbe chromo où saint Georges, avec des airs séducteurs, prenait avantage d'un dragon moustachu. Sous l'autel, une sorte de niche, garnie de papiers en rocaille, abritait, entre une bougie et une écuelle d'eau, une petite statue de glaise, peinte en rouge, représentant un dieu cornu. Il brandissait, la mine farouche, un couteau démesuré, en papier d'argent.

Le coq conduisit d'Arrast dans un coin où ils restèrent debout, collés contre la paroi, près de la porte. « Comme ça, murmura le coq, on pourra partir sans déranger. » La case, en effet, était pleine d'hommes et de femmes, serrés les uns contre les autres. Déjà la chaleur montait. Les musiciens allèrent s'installer de part et d'autre du petit autel. Les danseurs et les danseuses se séparèrent en deux cercles concentriques, les hommes à l'intérieur. Au centre, vint se placer le chef noir à la casaque rouge. D'Arrast s'adossa à la paroi, en croisant les bras.

Mais le chef, fendant le cercle des danseurs, vint vers eux et, d'un air grave, dit quelques mots au coq. « Décroise les bras, Capitaine, dit le coq. Tu te serres, tu empêches l'esprit du saint de descendre. » D'Arrast laissa docilement tomber les bras. Le dos toujours collé à la paroi, il ressemblait lui-même, maintenant, avec ses membres longs et lourds, son grand visage déjà luisant de sueur, à quelque dieu bestial et rassurant. Le grand Noir le regarda puis, satisfait, regagna sa place. Aussitôt, d'une voix claironnante, il chanta les premières notes d'un air que tous reprirent en chœur, accompagnés par les tambours. Les cercles se mirent alors à tourner en sens inverse, dans une sorte de danse lourde et appuyée qui ressemblait plutôt à un piétinement, légèrement souligné par la double ondulation des hanches.

La chaleur avait augmenté. Pourtant, les pauses diminuaient peu à peu, les arrêts s'espaçaient et la danse se précipitait. Sans que le rythme des autres se ralentît, sans cesser lui-même de danser, le grand Noir fendit à nouveau des cercles pour aller vers l'autel. Il revint avec un verre d'eau et une bougie allumée qu'il ficha en terre, au centre de la case. Il versa l'eau autour de la bougie en deux cercles concentriques, puis, à nouveau dressé, leva vers le toit des yeux fous. Tout son corps tendu, il attendait, immobile. « Saint Georges arrive. Regarde, regarde », souffla le coq dont les yeux s'exorbitaient.

En effet, quelques danseurs présentaient maintenant des airs de transe, mais de transe figée, les mains aux reins, le pas raide, l'œil fixe et atone. D'autres précipitaient leur rythme, se convulsant eux-mêmes, et commençaient à pousser des cris inarticulés. Les cris montèrent peu à peu et lorsqu'ils se confondirent dans un hurlement collectif, le chef, les yeux toujours levés, poussa lui-même une longue clameur à peine phrasée, au sommet

du souffle, et où les mêmes mots revenaient.
« Tu vois, souffla le coq, il dit qu'il est le
champ de bataille du dieu. » D'Arrast fut
frappé du changement de sa voix et regarda le
coq qui, penché en avant, les poings serrés,
les yeux fixes, reproduisait sur place le piétinement rythmé des autres. Il s'aperçut alors
que lui-même, depuis un moment, sans dé-
placer les pieds pourtant, dansait de tout son
poids.

Mais les tambours tout d'un coup firent
rage et subitement le grand diable rouge se
déchaîna. L'œil enflammé, les quatre membres tournoyant autour du corps, il se recevait,
genou plié, sur chaque jambe, l'une après
l'autre, accélérant son rythme à tel point qu'il
semblait qu'il dût se démembrer, à la fin. Mais
brusquement, il s'arrêta en plein élan, pour
regarder les assistants, d'un air fier et terrible,
au milieu du tonnerre des tambours. Aussitôt
un danseur surgit d'un coin sombre, s'age-
nouilla et tendit au possédé un sabre court.
Le grand Noir prit le sabre sans cesser de regarder autour de lui, puis le fit tournoyer au-
dessus de sa tête. Au même instant, d'Arrast
aperçut le coq qui dansait au milieu des autres.
L'ingénieur ne l'avait pas vu partir.

Dans la lumière rougeoyante, incertaine,

une poussière étouffante montait du sol,
épaississait encore l'air qui collait à la peau.
D'Arrast sentait la fatigue le gagner peu à
peu ; il respirait de plus en plus mal. Il ne vit
même pas comment les danseurs avaient pu
se munir des énorme cigares qu'ils fumaient
à présent, sans cesser de danser, et dont
l'étrange odeur emplissait la case et le grisait
un peu. Il vit seulement le coq qui passait près
de lui, toujours dansant, et qui tirait lui aussi
sur un cigare : « Ne fume pas », dit-il. Le coq
grogna, sans cesser de rythmer son pas, fixant
le mât central avec l'expression du boxeur
sonné, la nuque parcourue par un long et per-
pétuel frisson. À ses côtés, une Noire épaisse,
remuant de droite à gauche sa face animale,
aboyait sans arrêt. Mais les jeunes négresses,
surtout, entraient dans la transe la plus af-
freuse, les pieds collés au sol et le corps par-
couru, des pieds à la tête, de soubresauts de
plus en plus violents à mesure qu'ils gagnaient
les épaules. Leur tête s'agitait alors d'avant en
arrière, littéralement séparée d'un corps déca-
pité. En même temps, tous se mirent à hurler
sans discontinuer, d'un long cri collectif et
incolore, sans respiration apparente, sans mo-
dulations, comme si les corps se nouaient tout
entiers, muscles et nerfs, en une seule émission

épuisante qui donnait enfin la parole en chacun d'eux à un être jusque-là absolument
silencieux. Et sans que le cri cessât, les femmes, une à une, se mirent à tomber. Le chef
noir s'agenouillait près de chacune, serrait
vite et convulsivement leurs tempes de sa
grande main aux muscles noirs. Elles se rele-
vaient alors, chancelantes, rentraient dans la
danse et reprenaient leurs cris, d'abord faiblement, puis de plus en plus haut et vite, pour
retomber encore, et se relever de nouveau,
pour recommencer, et longtemps encore,
jusqu'à ce que le cri général faiblît, s'altérât,
dégénérât en une sorte de rauque aboie-
ment qui les secouait de son hoquet. D'Arrast, épuisé, les muscles noués par sa longue
danse immobile, étouffé par son propre mu-
tisme, se sentit vaciller. La chaleur, la poussière, la fumée des cigares, l'odeur humaine
rendaient maintenant l'air tout à fait irres-
pirable. Il chercha le coq du regard : il avait
disparu. D'Arrast se laissa glisser alors le long
de la paroi et s'accroupit, retenant une nausée.

Quand il ouvrit les yeux, l'air était toujours
aussi étouffant, mais le bruit avait cessé. Les
tambours seuls rythmaient une basse continue,
sur laquelle dans tous les coins de la case, des
groupes, couverts d'étoffes blanchâtres, piéti-

naient. Mais au centre de la pièce, maintenant débarrassé du verre et de la bougie, un groupe de jeunes filles noires, en état semi-hypnotique, dansaient lentement, toujours sur le point de se laisser dépasser par la mesure. Les yeux fermés, droites pourtant, elles se balançaient légèrement d'avant en arrière, sur la pointe de leurs pieds, presque sur place. Deux d'entre elles, obèses, avaient le visage couvert d'un rideau de raphia. Elles encadraient une autre jeune fille, costumée celle-là, grande, mince, que d'Arrast reconnut soudain comme la fille de son hôte. Vêtue d'une robe verte, elle portait un chapeau de chasseresse en gaze bleue, relevé sur le devant, garni de plumes mousquetaires, et tenait à la main un arc vert et jaune, muni de sa flèche, au bout de laquelle était embroché un oiseau multicolore. Sur son corps gracile, sa jolie tête oscillait lentement, un peu renversée, et sur le visage endormi se reflétait une mélancolie égale et innocente. Aux arrêts de la musique, elle chancelait, somnolente. Seule, le rythme renforcé des tambours lui rendait une sorte de tuteur invisible autour duquel elle enroulait ses molles arabesques jusqu'à ce que, de nouveau arrêtée en même temps que la musique, chancelant au bord de l'équilibre, elle poussât un étrange cri d'oiseau, perçant et pourtant mélodieux.

D'Arrast, fasciné par cette danse ralentie, contemplait la Diane noire lorsque le coq surgit devant lui, son visage lisse maintenant décomposé. La bonté avait disparu de ses yeux qui ne reflétaient qu'une sorte d'avidité inconnue. Sans bienveillance, comme s'il parlait à un étranger : « Il est tard, Capitaine, dit-il. Ils vont danser toute la nuit, mais ils ne veulent pas que tu restes maintenant. » La tête lourde, d'Arrast se leva et suivit le coq qui gagnait la porte en longeant la paroi. Sur le seuil, le coq s'effaça, tenant la porte de bambous, et d'Arrast sortit. Il se retourna et regarda le coq qui n'avait pas bougé.

— Viens. Tout à l'heure, il faudra porter la pierre.

— Je reste, dit le coq d'un air fermé.

— Et ta promesse ?

Le coq sans répondre poussa peu à peu la porte que d'Arrast retenait d'une seule main. Ils restèrent ainsi une seconde, et d'Arrast céda, haussant les épaules. Il s'éloigna.

La nuit était pleine d'odeurs fraîches et aromatiques. Au-dessus de la forêt, les rares étoiles du ciel austral, estompées par une brume invisible, luisaient faiblement. L'air humide était lourd. Pourtant, il semblait d'une délicieuse fraîcheur au sortir de la case.

D'Arrast remontait la pente glissante, gagnait les premières cases, trébuchait comme un homme ivre dans les chemins troués. La forêt grondait un peu, toute proche. Le bruit du fleuve grandissait, le continent tout entier émergeait dans la nuit et l'écœurement envahissait d'Arrast. Il lui semblait qu'il aurait voulu vomir ce pays tout entier, la tristesse de ses grands espaces, la lumière glauque des forêts, et le clapotis nocturne de ses grands fleuves déserts. Cette terre était trop grande, le sang et les saisons s'y confondaient, le temps se liquéfiait. La vie ici était à ras de terre et, pour s'y intégrer, il fallait se coucher et dormir, pendant des années, à même le sol boueux ou desséché. Là-bas, en Europe, c'était la honte et la colère. Ici l'exil ou la solitude, au milieu de ces fous languissants et trépidants, qui dansaient pour mourir. Mais, à travers la nuit humide, pleine d'odeurs végétales, l'étrange cri d'oiseau blessé, poussé par la belle endormie, lui parvint encore.

Quand d'Arrast, la tête barrée d'une épaisse migraine, s'était réveillé après un mauvais sommeil, une chaleur humide écrasait la ville et la forêt immobile. Il attendait à présent sous le porche de l'hôpital, regardant sa montre arrêtée, incertain de l'heure, étonné de ce grand jour et du silence qui montait de la ville. Le ciel, d'un bleu presque franc, pesait au ras des premiers toits éteints. Des urubus jaunâtres dormaient, figés par la chaleur, sur la maison qui faisait face à l'hôpital. L'un d'eux s'ébroua tout d'un coup, ouvrit le bec, prit ostensiblement ses dispositions pour s'envoler, claqua deux fois ses ailes poussiéreuses contre son corps, s'éleva de quelques centimètres au-dessus du toit, et retomba pour s'endormir presque aussitôt.

L'ingénieur descendit vers la ville. La place principale était déserte, comme les rues qu'il venait de parcourir. Au loin, et de chaque côté du fleuve, une brume basse flottait sur la forêt. La chaleur tombait verticalement et d'Arrast chercha un coin d'ombre pour s'abriter. Il vit alors, sous l'auvent d'une des maisons, un petit homme qui lui faisait signe. De plus près, il reconnut Socrate.

— Alors, monsieur d'Arrast, tu aimes la cérémonie ?

D'Arrast dit qu'il faisait trop chaud dans la case et qu'il préférait le ciel et la nuit.

— Oui, dit Socrate, chez toi, c'est la messe seulement. Personne ne danse.

Il se frottait les mains, sautait sur un pied, tournait sur lui-même, riait à perdre haleine.

— Pas possibles, ils sont pas possibles.

Puis il regarda d'Arrast avec curiosité :

— Et toi, tu vas à la messe ?

— Non.

— Alors, où tu vas ?

— Nulle part. Je ne sais pas.

Socrate riait encore.

— Pas possible ! Un seigneur sans église, sans rien !

D'Arrast riait aussi :

— Oui, tu vois, je n'ai pas trouvé ma place. Alors, je suis parti.

— Reste avec nous, monsieur d'Arrast, je t'aime.

— Je voudrais bien, Socrate, mais je ne sais pas danser.

Leurs rires résonnaient dans le silence de la ville déserte.

« Ah, dit Socrate, j'oublie. Le maire veut te voir. Il déjeune au club. » Et sans crier gare, il partit dans la direction de l'hôpital. « Où vas-tu ? » cria d'Arrast. Socrate imita un ronflement : « Dormir. Tout à l'heure la procession. » Et courant à moitié, il reprit ses ronflements.

Le maire voulait seulement donner à d'Arrast une place d'honneur pour voir la procession. Il l'expliqua à l'ingénieur en lui faisant partager un plat de viande et de riz propre à miraculer un paralytique. On s'installerait d'abord dans la maison du juge, sur un balcon, devant l'église, pour voir sortir le cortège, on irait ensuite à la mairie, dans la grand-rue qui menait à la place de l'église et que les pénitents emprunteraient au retour. Le juge et le chef de police accompagneraient d'Arrast, le maire étant tenu de participer à la cérémonie. Le chef de police était en effet dans la salle du club, et tournait sans trêve autour de d'Arrast, un infatigable sourire aux lèvres, lui prodiguant des discours incompréhensibles, mais évidemment affectueux. Lorsque d'Arrast descendit, le chef de police se précipita pour lui ouvrir le chemin, tenant toutes les portes ouvertes devant lui.

Sous le soleil massif, dans la ville toujours vide, les deux hommes se dirigeaient vers la maison du juge. Seuls, leurs pas résonnaient dans le silence. Mais, soudain, un pétard éclata dans une rue proche et fit s'envoler sur toutes les maisons, en gerbes lourdes et embarrassées, les urubus au cou pelé. Presque aussitôt des dizaines de pétards éclatèrent dans toutes les directions, les portes s'ouvrirent et les gens commencèrent de sortir des maisons pour remplir les rues étroites.

Le juge exprima à d'Arrast la fierté qui était la sienne de l'accueillir dans son indigne maison et lui fit gravir un étage d'un bel escalier baroque peint à la chaux bleue. Sur le palier, au passage de d'Arrast, des portes s'ouvrirent d'où surgissaient des têtes brunes d'enfants qui disparaissaient ensuite avec des rires étouffés. La pièce d'honneur, belle d'architecture, ne contenait que des meubles de rotin et de grandes cages d'oiseaux au jacassement étourdissant. Le balcon où ils s'installèrent donnait sur la petite place devant l'église. La foule commençait maintenant de la remplir, étrangement silencieuse, immobile sous la chaleur qui descendait du ciel en flots presque visibles. Seuls, des enfants couraient autour de la place, s'arrêtant brusquement pour allumer les pétards dont les détonations se succédaient. Vue du balcon, l'église, avec ses murs crépis, sa dizaine de marches peintes à la chaux bleue, ses deux tours bleu et or, paraissait plus petite.

Tout d'un coup, des orgues éclatèrent à l'intérieur de l'église. La foule, tournée vers le porche, se rangea sur les côtés de la place. Les hommes se découvrirent, les femmes s'agenouillèrent. Les orgues lointaines jouèrent, longuement, des sortes de marches. Puis un étrange bruit d'élytres vint de la forêt. Un minuscule avion aux ailes transparentes et à la frêle carcasse, insolite dans ce monde sans âge, surgit au-dessus des arbres, descendit un peu vers la place, et passa, avec un gronde-ment de grosse crécelle, au-dessus des têtes levées vers lui. L'avion vira ensuite et s'éloigna vers l'estuaire.

Mais, dans l'ombre de l'église, un obscur remue-ménage attirait de nouveau l'attention. Les orgues s'étaient tues, relayées maintenant par des cuivres et des tambours, invisibles sous le porche. Des pénitents, recouverts de surplis noirs, sortirent un à un de l'église, se grou-pèrent sur le parvis, puis commencèrent de descendre les marches. Derrière eux venaient des pénitents blancs portant des bannières rouges et bleues, puis une petite troupe de garçons costumés en anges, des confréries d'enfants de Marie, aux petits visages noirs et graves, et enfin, sur une châsse multicolore, portée par des notables suant dans leurs com-plets sombres, l'effigie du bon Jésus lui-même, roseau en main, la tête couverte d'épines, sai-gnant et chancelant au-dessus de la foule qui garnissait les degrés du parvis.

Quand la châsse fut arrivée au bas des mar-ches, il y eut un temps d'arrêt pendant lequel les pénitents essayèrent de se ranger dans un semblant d'ordre. C'est alors que d'Arrast vit le coq. Il venait de déboucher sur le parvis, torse nu, et portait sur sa tête barbue un énorme bloc rectangulaire qui reposait sur une plaque de liège à même le crâne. Il descendit d'un pas ferme les marches de l'église, la pierre exactement équilibrée dans l'arceau de ses bras courts et musclés. Dès qu'il fut parvenu derrière la châsse, la procession s'ébranla. Du porche surgirent alors les musiciens, vêtus de vestes aux couleurs vives et s'époumonant dans des cuivres enrubannés. Aux accents d'un pas redoublé, les pénitents accélérèrent leur allure et gagnèrent l'une des rues qui donnaient sur la place. Quand la châsse eut disparu à leur suite, on ne vit plus que le coq et les derniers musiciens. Derrière eux, la foule s'ébranla, au milieu des détonations, tandis que l'avion, dans un grand ferraillement de pistons, revenait au-dessus des derniers groupes. D'Arrast regardait seulement le coq qui disparaissait maintenant dans la rue et dont il lui semblait soudain que les épaules fléchissaient. Mais à cette distance, il voyait mal.

Par les rues vides, entre les magasins fermés et les portes closes, le juge, le chef de police et d'Arrast gagnèrent alors la mairie. À mesure qu'ils s'éloignaient de la fanfare et des détonations, le silence reprenait possession de la ville et, déjà, quelques urubus revenaient prendre sur les toits la place qu'ils semblaient occuper depuis toujours. La mairie donnait sur une rue étroite, mais longue, qui menait d'un des quartiers extérieurs à la place de l'église. Elle était vide pour le moment. Du balcon de la mairie, à perte de vue, on n'apercevait qu'une chaussée défoncée, où la pluie récente avait laissé quelques flaques. Le soleil, maintenant un peu descendu, rongeait encore, de l'autre côté de la rue, les façades aveugles des maisons.

Ils attendirent longtemps, si longtemps que d'Arrast, à force de regarder la réverbération du soleil sur le mur d'en face, sentit à nouveau revenir sa fatigue et son vertige. La rue vide, aux maisons désertes, l'attirait et l'écœurait à la fois. À nouveau, il voulait fuir ce pays, il pensait en même temps à cette pierre énorme, il aurait voulu que cette épreuve fût finie. Il allait proposer de descendre pour aller aux nouvelles lorsque les cloches de l'église se mirent à sonner à toute volée. Au même instant, à l'autre extrémité de la rue, sur leur gauche, un tumulte éclata et une

foule en ébullition apparut. De loin, on la
voyait agglutinée autour de la châsse, pèlerins
et pénitents mêlés, et ils avançaient, au milieu des pétards et des hurlements de joie, le
long de la rue étroite. En quelques secondes,
ils la remplirent jusqu'aux bords, avançant
vers la mairie, dans un désordre indescrip-
tible, les âges, les races et les costumes fon-
dus en une masse bariolée, couverte d'yeux
et de bouches vociférantes, et d'où sortaient,
comme des lances, une armée de cierges dont
la flamme s'évaporait dans la lumière ardente
du jour. Mais quand ils furent proches et que
la foule, sous le balcon, sembla monter le
long des parois, tant elle était dense, d'Arrast
vit que le coq n'était pas là.

D'un seul mouvement, sans s'excuser, il
quitta le balcon et la pièce, dévala l'escalier et
se trouva dans la rue, sous le tonnerre des
cloches et des pétards. Là, il dut lutter contre
la foule joyeuse, les porteurs de cierges, les
pénitents offusqués. Mais irrésistiblement,
remontant de tout son poids la marée humaine, il s'ouvrit un chemin, d'un mouvement
si emporté, qu'il chancela et faillit tomber
lorsqu'il se retrouva libre, derrière la foule,
à l'extrémité de la rue. Collé contre le mur
brûlant, il attendit que la respiration lui revînt.

Puis il reprit sa marche. Au même moment, un groupe d'hommes déboucha dans la rue. Les premiers marchaient à reculons, et d'Arrast vit qu'ils entouraient le coq.

Celui-ci était visiblement exténué. Il s'arrêtait, puis, courbé sous l'énorme pierre, il courait un peu, du pas pressé des débardeurs et des coolies, le petit trot de la misère, rapide, le pied frappant le sol de toute sa plante. Autour de lui, des pénitents aux surplis salis de cire fondue et de poussière l'encourageaient quand il s'arrêtait. À sa gauche, son frère marchait ou courait en silence. Il sembla à d'Arrast qu'ils mettaient un temps interminable à parcourir l'espace qui les séparait de lui. À peu près à sa hauteur, le coq s'arrêta de nouveau et jeta autour de lui des regards éteints. Quand il vit d'Arrast, sans paraître pourtant le reconnaître, il s'immobilisa, tourné vers lui. Une sueur huileuse et sale couvrait son visage maintenant gris, sa barbe était pleine de filets de salive, une mousse brune et sèche cimentait ses lèvres. Il essaya de sourire. Mais, immobile sous sa charge, il tremblait de tout son corps, sauf à la hauteur des épaules où les muscles étaient visiblement noués dans une sorte de crampe. Le frère, qui avait reconnu d'Arrast, lui dit seulement : « Il est déjà tombé. » Et Socrate, surgi il ne savait d'où, vint lui glisser à l'oreille : « Trop danser, monsieur d'Arrast, toute la nuit. Il est fatigué. »

Le coq avança de nouveau, de son trot saccadé, non comme quelqu'un qui veut progresser mais comme s'il fuyait la charge qui l'écrasait, comme s'il espérait l'alléger par le mouvement. D'Arrast se trouva, sans qu'il sût comment, à sa droite. Il posa sur le dos du coq une main devenue légère et marcha près de lui, à petits pas pressés et pesants. À l'autre extrémité de la rue, la châsse avait disparu, et la foule, qui, sans doute, emplissait maintenant la place, ne semblait plus avancer. Pendant quelques secondes, le coq, encadré par son frère et d'Arrast, gagna du terrain. Bientôt, une vingtaine de mètres seulement le séparèrent du groupe qui s'était massé devant la mairie pour le voir passer. À nouveau, pourtant, il s'arrêta. La main de d'Arrast se fit plus lourde. « Allez, coq, dit-il, encore un peu. » L'autre tremblait, la salive se remettait à couler de sa bouche tandis que, sur tout son corps, la sueur jaillissait littéralement. Il prit une respiration qu'il voulait profonde et s'arrêta court. Il s'ébranla encore, fit trois pas, vacilla. Et soudain la pierre glissa sur son épaule, qu'elle entailla, puis en avant jusqu'à terre, tandis que le coq, déséquilibré, s'écroulait sur le côté. Ceux qui le précédaient en l'encourageant sautèrent en arrière avec de grands cris, l'un d'eux se saisit de la plaque de liège pendant que les autres empoignaient la pierre pour en charger à nouveau le coq.

D'Arrast, penché sur celui-ci, nettoyait de sa main l'épaule souillée de sang et de poussière, pendant que le petit homme, la face collée à terre, haletait. Il n'entendait rien, ne bougeait plus. Sa bouche s'ouvrait avidement sur chaque respiration, comme si elle était la dernière. D'Arrast le prit à bras-le-corps et le souleva aussi facilement que s'il s'agissait d'un enfant. Il le tenait debout, serré contre lui. Penché de toute sa taille, il lui parlait dans le visage, comme pour lui insuffler sa force. L'autre, au bout d'un moment, sanglant et terreux, se détacha de lui, une expression hagarde sur le visage. Chancelant, il se dirigea de nouveau vers la pierre que les autres soulevaient un peu. Mais il s'arrêta ; il regardait la pierre d'un regard vide, et secouait la tête. Puis il laissa tomber ses bras le long de son corps et se tourna vers d'Arrast. D'énormes larmes coulaient silencieusement sur son visage ruiné. Il voulait parler, il parlait, mais sa

bouche formait à peine les syllabes. « J'ai promis », disait-il. Et puis : « Ah ! Capitaine. Ah !
Capitaine ! » et les larmes noyèrent sa voix.
Son frère surgit dans son dos, l'étreignit, et
le coq, en pleurant, se laissa aller contre lui,
vaincu, la tête renversée.

D'Arrast le regardait, sans trouver ses mots.
Il se tourna vers la foule, au loin, qui criait à
nouveau. Soudain, il arracha la plaque de
liège des mains qui la tenaient et marcha vers
la pierre. Il fit signe aux autres de l'élever et
la chargea presque sans effort. Légèrement
tassé sous le poids de la pierre, les épaules ra-
massées, soufflant un peu, il regardait à ses
pieds, écoutant les sanglots du coq. Puis il
s'ébranla à son tour d'un pas puissant, par-
courut sans faiblir l'espace qui le séparait de
la foule, à l'extrémité de la rue, et fendit avec
décision les premiers rangs qui s'écartèrent
devant lui. Il entra sur la place, dans le va-
carme des cloches et des détonations, mais
entre deux haies de spectateurs qui le regardaient avec étonnement, soudain silencieux.
Il avançait, du même pas emporté, et la foule
lui ouvrait un chemin jusqu'à l'église. Malgré
le poids qui commençait de lui broyer la tête
et la nuque, il vit l'église et la châsse qui semblait l'attendre sur le parvis. Il marchait vers

elle et avait déjà dépassé le centre de la place quand brutalement, sans savoir pourquoi il obliqua vers la gauche, et se détourna du chemin de l'église, obligeant les pèlerins à lui faire face. Derrière lui, il entendait des pas précipités. Devant lui, s'ouvraient de toutes parts des bouches. Il ne comprenait pas ce qu'elles lui criaient, bien qu'il lui semblât reconnaître le mot portugais qu'on lui lançait sans arrêt. Soudain, Socrate apparut devant lui, roulant des yeux effarés, parlant sans suite et lui montrant, derrière lui, le chemin de l'église. « À l'église, à l'église », c'était là ce que criaient Socrate et la foule. D'Arrast continua pourtant sur sa lancée. Et Socrate s'écarta, les bras comiquement levés au ciel, pendant que la foule peu à peu se taisait. Quand d'Arrast entra dans la première rue, qu'il avait déjà prise avec le coq, et dont il savait qu'elle menait aux quartiers du fleuve, la place n'était plus qu'une rumeur confuse derrière lui.

La pierre, maintenant, pesait douloureusement sur son crâne et il avait besoin de toute la force de ses grands bras pour l'alléger. Ses épaules se nouaient déjà quand il atteignit les premières rues, dont la pente était glissante. Il s'arrêta, tendit l'oreille. Il était seul. Il assura la pierre sur son support de liège et descendit d'un pas prudent, mais encore ferme, jusqu'au quartier des cases. Quand il y arriva, la respiration commençait de lui manquer, ses bras tremblaient autour de la pierre. Il pressa le pas, parvint enfin sur la petite place où se dressait la case du coq, courut à elle, ouvrit la porte d'un coup de pied et, d'un seul mouvement, jeta la pierre au centre de la pièce, sur le feu qui rougeoyait encore. Et là, redressant toute sa taille, énorme soudain, aspirant à goulées désespérées l'odeur de misère et de cendres qu'il reconnaissait, il écouta monter en lui le flot d'une joie obscure et haletante qu'il ne pouvait pas nommer.

Quand les habitants de la case arrivèrent, ils trouvèrent d'Arrast debout, adossé au mur du fond, les yeux fermés. Au centre de la pièce, à la place du foyer, la pierre était à demi enfouie, recouverte de cendres et de terre. Ils se tenaient sur le seuil sans avancer et regardaient d'Arrast en silence comme s'ils l'interrogeaient. Mais il se taisait. Alors, le frère conduisit près de la pierre le coq qui se laissa tomber à terre. Il s'assit, lui aussi, faisant un signe aux autres. La vieille femme le rejoignit, puis la jeune fille de la nuit, mais personne ne regardait d'Arrast. Ils étaient accroupis en rond autour de la pierre, silencieux.

Seule, la rumeur du fleuve montait jusqu'à eux à travers l'air lourd. D'Arrast, debout dans l'ombre, écoutait, sans rien voir, et le bruit des eaux l'emplissait d'un bonheur tumultueux. Les yeux fermés, il saluait joyeusement sa propre force, il saluait, une fois de plus, la vie qui recommençait. Au même instant, une détonation éclata qui semblait toute proche. Le frère s'écarta un peu du coq et se tournant vers d'Arrast, sans le regarder, lui montra la place vide : « Assieds-toi avec nous. »

Jonas ou l'artiste au travail   11

La pierre qui pousse   63